Diez cuentos mal contados

Miguel Baquero

Diez cuentos
mal contados

ACVF EDITORIAL
MADRID

Diseño de la colección y de la cubierta:
La Vieja Factoría
Ilustración de cubierta: Juan Ramón Mora

Primera edición:
ACVF Editorial, Madrid, mayo 2009
primera reimpresión, octubre 2009
segunda reimpresión, agosto de 2014

El cuento «Cartas desde las ruinas» fue galardonado
con el primer premio en el III Certamen de relato
corto Villa de Coslada.

ISBN: 978-84-935265-9-7

Diez cuentos mal contados

Cartas desde las ruinas

Medlebrún, en la frontera oeste de la civilización
Día tercero de la cuarta luna del año 527 d.d.c
(desde la domesticación del caballo).

Mi querido maestro:[1]

A día de ayer he llegado a este lugar, después de larga y fatigosa travesía y después de múltiples calamidades, que sería prolijo detallar. Baste decir que, cuando cruzaba las montañas, a la sazón cubiertas por la nieve, aquel buen mulo con el que salí del seminario reventó de frío y de cansancio. Imbuido, no obstante, por la grandeza de mi misión, seguí a pie el camino adelante, pero quiso la suerte (mala suerte en este caso) que cayera sobre mí una de las muchas bandas de salteadores que acechan estos pasos. Dicha banda me despojó de todo mi equipaje, así víveres como vestuario, de tal manera que no exagero a vuesa señoría si le digo que cuando alcancé el valle me encontraba desnudo por completo, depauperado y aterido.

---

[1] Esta carta, y todas las que siguen, han sido traducidas del berniaco, idioma que guarda cierta similitud con el latín macarrónico. Este idioma, el latín, aún se emplea, sin embargo, para ciertas fórmulas.

Encontré entonces, a la vera del camino, un monasterio, a cuya puerta me llegué a pedir auxilio. Me abrió el padre portero y, al verme de aquella guisa, sin efectuar preguntas me hizo pasar al interior, me llevó al patio y corrió luego a tañer las campanas, convocando urgentemente a la congregación. Se trataba de la muy antigua, muy practicante, y muy numerosa además, orden de los padres sodomitas. Entre ellos estuve quince días, hasta que pude reemprender camino. Lo cual fue una madrugada, furtivamente, y ataviado, puesto que no pude encontrar otra ropa, con uno de sus típicos hábitos abiertos por el culo.

Así fue como llegué hasta Medlebrún, y como me presenté en el lugar de las excavaciones. Me encontré allí a un buen número de gente, atareada en la pica y desempolvo de unas ruinas; según me vieron llegar con aquella vestimenta, todos, sin excepción, tomándome por un monje sodomita verdadero, se enderezaron al instante y formaron en un círculo cerrado. Me asombraron, en verdad, tales muestras de respeto, pero al fin, y por las señas que les di, las cartas de presentación de vuesa señoría y otros detalles de nuestro seminario, se deshizo el malentendido y accedieron a darme alojamiento. Aunque un tanto apartado del común, ésa es la verdad.

Mañana iré a visitar, por primera vez, el yacimiento arqueológico. De los estudios que haga, hipótesis que siga y conclusiones a las que llegue, huelga decir que le mantendré informado. Entretanto, beso a vuesa señoría la nuca, como es preceptivo y en señal de respeto.

* * *

Medlebrún
Día décimo de la cuarta luna del año 527 d.d.c.

Mi querido maestro:

Antes de entrar en detalles técnicos, creo necesario contarle cómo salieron a la luz las ruinas que ahora nos ocupan, según oí de un maestro prospector. Había atravesado este maestro, en compañía de su expedición, aquel gran río llamado Ebrún, que hasta hace apenas cinco años delimitaba el avance de la Humanidad; nada más poner los pies en la otra orilla, ordenó hacer diferentes sondeos por los alrededores, en busca de vestigios arqueológicos.

Apenas iniciados dichos sondeos, se descubrieron los restos de dos edificios. Pronto advirtieron que se trataba de *icglexias*[2], como se decía en la terminología de la época. O, lo que es lo mismo, de edificios civiles dedicados a todavía no hemos concretado bien qué menesteres. Como es propio en estos edificios, su salón principal se encuentra todo él rodeado por los retratos de diferentes personalidades; en el cabecero, presidiendo el conjunto, ineludiblemente se halla el retrato bien del rey, medio desnudo y con los brazos abiertos en señal de bienvenida hacia sus súbditos, bien de la reina, sosteniendo en sus rodillas al príncipe heredero. Esto era norma, al parecer, en todas las dependencias y despachos oficiales de la época antigua, de igual manera a como, en nuestros días, se cuelga en las paredes de los distintos departamentos un retrato del monarca haciendo el pino puente, en señal de honestidad, respeto hacia sus súbditos y buena forma.

---

[2] En castellano, o casi, en el original.

El cualquier caso, nada de esto era lo que se andaba buscando, por lo que el jefe de la expedición mandó continuar la marcha apenas amaneciese. Aquella noche, en torno a la hoguera, reunidos todos los miembros de la expedición, trazamos rutas sobre la arena y compartimos nuestro sueño, el deseo latente en cuantos nos dedicamos a la búsqueda de santuarios de la civilización antigua. En concreto, nuestros anhelos estaban puestos en hallar aquel templo legendario que, durante muchas generaciones, ha sido poco más que una quimera, un mito, un lugar de fábula. En un futuro no muy lejano, gracias a los progresos de la técnica (sobre todo gracias a la invención del pico y de la pala, aunque su funcionamiento todavía nos resulte algo complejo), tal vez podamos ver con nuestros propios ojos tal maravilla. Con esa esperanza, al menos, nos despertamos al alba, y con esa esperanza el jefe de nuestra expedición se caló el gorro de orejeras, símbolo de su autoridad, se alzó sobre los estribos de su burra, alargó el brazo con toda la pompa que exigía el momento y luego gritó:

—¡Adelante!

Es cosa ciertamente admirable cómo avanza una expedición de arqueólogos. Con la misma sincronización, el mismo silencio, el mismo paso corto y decidido que una manada de leonas hambrientas al acecho de una presa, así es como la caravana emprende su camino. Tantas veces vuesa señoría, desde la cama en nuestro monasterio donde se encuentra postrado, me ha expresado su frustración por no poder contemplar este hermoso espectáculo, que hoy me veo en la obligación de describírselo cuan prolija y detalladamente me sea posible.

Verá usía: a la cabeza de la expedición, unos pasos por delante de ella, suele marchar el comúnmente conocido como maestro orientador. Aparte de su mayor o menor pericia en la ciencia orientativa, es condición sin duda primordial para estos doctores sostenerse bien sobre una mula. Ello es así porque marchan a lomos de una, absortos en la contemplación de ese gran mapa, la Guía Michelinia, documento del pasado de incalculable valor que estos maestros protegerían, llegado el caso, con su vida. El citado mapa lo llevan ante sí, desplegado en cuanto el brazo abarca, y solamente de vez en cuando alzan la vista de este maremágnum de papel, otean el horizonte, extienden la mano y gritan: «Es por allí». Al lado del maestro orientador, y por andar éste tan sumido en su tarea, es costumbre que camine un mozuelo, con el objeto de irle apartando las ramas de delante, el matorral de los lados y, más por lo general, con el objeto de ayudarle a levantarse si es que la brusca aparición de una zanja o la repentina presencia de un peñasco derriban al buen doctor de su montura.

Sigue a estos dos personajes, unos pasos por detrás, el jefe de la expedición. Nombrado por Nuestra Alteza Real entre los individuos que, de las Seis Provincias, hayan sido escogidos en pública elección como los más ahorradores, es su misión marcar los objetivos y las etapas y, sobre todo, fiscalizar los gastos de la partida; debido a ello es que, en su persona, se unen los cargos de tesorero, pagador, contable y encargado de las provisiones. También es el que lleva el botiquín.

A su zaga van los maestros prospectores. La tarea de estos grandísimos peritos comienza cuando el maestro orientador, ya sea por lo que le dicta el mapa, ya por su instinto, cree haber llegado ante el posible enclave de un templo. «*¡Íbidem!*[3] *¡Hic jacet! ¡Non plus ultra!*», grita, y el equipo de prospectores toma a esta señal el protagonismo: se apean de sus burras, mandan a sus operarios que descarguen de los carros el material y comienzan la cala. En general, la gente dedicada a remover terreno, entre maestros, operarios y mozos, alcanza casi el centenar, de lo que vienen a resultar enormes circunferencias de tierra hollada, impresionantes socavones en cuyo fondo, como puede vuesa señoría suponer, no siempre surgen las ruinas tan ansiadas. En tales casos, suelen volverse todas las miradas hacia el maestro orientador, en claro signo de reproche. Entonces es cuando él, a manera de respuesta, lanza el mapa al suelo y plantea un desafío en estos términos (latinos): *«In prima loci, intelecta summa»* [4].

Tras de lo cual, indefectiblemente, todos los reprochadores vuelven la mirada, el jefe de la expedición recoge el mapa del suelo, lo sacude y se lo tiende al maestro orientador, al tiempo que con un arquear de cejas le hace seña al mozo que le acompaña para que le ayude a subir al burro.

Detrás de estos que ya he dicho marchan los maestros medidores. La misión de estos maestros medidores (imprescindibles en toda expedición) es, como vuesa señoría bien sabe, trasladar las antiguas cifras de distancia, expresadas en ese enrevesado sistema métrico decimal, a nuestro moderno y más práctico sistema personal aleatorio. Suelen requerirse los servicios de estos maestros una vez las ruinas han salido ya a la luz, o cuando alguna circunstancia en el camino así

---

[3] Íbid. íd. que nota 1
[4] «Id vosotros primeros, si sois tan listos» (N. del T.)

14

lo exige: determinar la distancia hasta un punto, la altura de una montaña, la profundidad de un río, la hondura de un barranco… En el caso concreto de nuestra expedición, son tres los maestros medidores que nos acompañan, cada uno de ellos acompañado por su ejecutante principal (quien, efectivamente, ha de llevar a cabo las medidas aleatorio-personales que su maestro disponga) y un buen número de sustitutos.

Es en pos de este grupo que voy yo, monje de la orden de los comentaristas, experto en el estudio e interpretación de los textos antiguos. A mí es a quien se consulta sobre la importancia, o no, de algún vestigio hallado; sobre la conveniencia, o no, de insistir en una búsqueda; sobre la necesidad de tal o cual esfuerzo; a quien se pide su autorizada opinión, en suma, y valga la inmodestia. Cerrando la comitiva marcha el cuerpo de intendencia: despenseros, cocineros, asistentes, encargados de las tiendas y los vestidos, palafreneros, furrieles, etcétera, así como un pequeño destacamento de soldados, que nos protegen de los posibles asaltantes, de los aventureros que no han logrado hacer mejor fortuna en estas tierras hostiles y semisalvajes.

¿Puede ya vuesa señoría, mi querido maestro, con esta somera descripción que le he dado del grupo, hacerse idea del espectáculo maravilloso que supone verlo avanzar a paso imperturbable por estas tierras extensas, llanas, interminables de la Dauguirria?

Siete jornadas hace que salimos de Medlebrún. Siete jornadas durante las cuales hemos tenido que atravesar desfiladeros, donde, al oír el retumbo de los cascos de las caballerías y el chirriar amplificado de los carros, salían de sus nidos en la roca buitres, milanos, águilas y otras aves que hasta entonces nunca habían visto alterada su tranquilidad; siete jornadas en las cuales hemos avanzado por bosques, sotos, montañas, dehesas, valles, campos ubérrimos, agrestes peñascales, infectos pantanos, polvorientas llanuras, tupidas malezas... Para mí que nos hemos perdido. Eso al menos pensamos la mayoría, arrebujados en torno de una hoguera mientras ahí, en la oscuridad, en el desierto vasto, aúllan los lobos y silban las serpientes Pero, en fin, y como dijo uno de los soldados de la expedición: «Mientras estemos aquí, no estamos en otro sitio».

Espero darle en mi próxima carta mejores nuevas. Entretanto, beso a vuesa señoría, etcétera.

* * *

En algún punto de la Dauguirria Magna
Día sexto de la sexta luna del año 527 d.d.c.

Mi querido maestro:

El desánimo ha comenzado a cundir entre la gente de la expedición. Al mucho tiempo que llevamos en camino, y a la incomodidad que ello comporta, ha venido a sumarse la carencia, preocupante ya, de víveres. En los carros, llenos, rebosantes cuando salimos de Medlebrún, apenas si puede encontrarse ya alguna hortaliza reseca, y el racionamiento ha alcanzado, por lo tanto, cotas insoportables. ¡Ay de la falta de previsión y de las prisas! ¡Con lo fácil que hubiera sido reponer lo gastado en la época en que cruzábamos por regiones fecundas!

Ahora todo en nuestro derredor es tierra, tierra ocre con desmandados brotes amarillos, algún zarzal que

16

nos da poco consuelo, pues la fruta, en este tiempo, está muy ácida, algunos pocos árboles agrupados en torno a un regato, de los cuales apenas si obtenemos más que sombra. De la caza, por otra parte, fuera inútil pretender algo. Si bien hay entre nosotros reputados cazadores, su destreza sería proverbial en las montañas, no digo que no, donde osos, linces, jabalíes, rebecos, cabras y demás fieras andan a mano de un garrotazo, pero en estos páramos desolados donde la más cercana pieza acaso sea un pato que cruza raudo por las alturas, o un conejo que, no menos veloz, huye de mata en mata, ya se imaginará vuesa señoría en qué vienen a concluir sus persecuciones y sus lanzamientos: en una espesa nube de polvo. Alguno hay que ha empezado a experimentar con ese reciente invento del arco y de las flechas; pero en tanto no mejoren en su uso, ha dictado el jefe de la expedición que vayan a ejercitarse contra un árbol, a una distancia prudencial de los integrantes de la caravana, quienes ya hemos tenido que sufrir varios percances, sobre todo cuando disparaban hacia lo alto. Así las cosas, no ha quedado más remedio que sacrificar algunos burros.

En medio de tan desdichada situación, alcanzamos a vislumbrar cierta mañana un monasterio en la cumbre de un otero. Como vuesa señoría bien sabe, hay varias órdenes monacales recoletas que, en su deseo de aislarse del mundo y entregarse con tranquilidad a sus prácticas, han venido a instalar sus cenobios aquí, en estas tierras por civilizar. A simple vista, y más desde la distancia, no hay señales que permitan inferir a qué orden pertenezcan dichos cenobios, pero como en el caso presente viéramos que de sus chimeneas salía humo, e incluso parecían oírse voces, no nos cupo duda alguna de que se encontraba habitado.

17

Dejando a un lado la cierta reticencia que hacia las cosas de los claustros y los monacatos se tiene en la sociedad civil, se decidió que no nos quedaba otra que acercarnos a ver si podían surtirnos de comida. Decidido lo cual, y de manera unánime, todas las miradas se volvieron hacia mí, pues no en vano soy monje, aunque comentarista, y había tenido ya, como le conté en mi primera carta, cierta experiencia en lo tocante a monasterios.

Así pues, y pese a mis protestas, se me asignó el papel de comisionado. En tal papel, y volviendo la vista atrás con mucha frecuencia para solicitar a los soldados de la expedición que no me desamparasen, poco a poco me fui acercando a la abadía. Ya estaba casi ante sus puertas cuando (sin duda debían de haberme visto desde alguna tronera) éstas se abrieron y el hermano mayordomo me salió a recibir. Por su hábito, corto y arremangado, por su gran calvicie y por lo encallecido de sus manos, curtidas en innumerables rituales, entendí al punto que me hallaba ante un convento de padres onanistas. Ensimismados y pacíficos por demás, y tan absortos en sus ceremonias que, según oyeron mi demanda, sin parar en mientes, me entregaron sacos y sacos de comida, con los cuales bajé hasta el lugar donde mis compañeros esperaban, acampados, el resultado de mi misión. Me recibieron, como ya supondrá usía, con mucho alborozo, y no digo que se lanzaron sobre la comida y la devoraron al instante porque, antes de ello, procedieron a lavarla en un arroyo que por ahí cerca discurría, como es costumbre en los alimentos que proceden de tan pías manos.

En este punto despido la carta, no bien repuesto todavía del susto.

Beso a vuesa señoría, etcétera.

18

* * *

Día decimotercero de la sexta luna del año 527 d.d.c.

Mi querido maestro:

¡Estamos en Maxdriz, ya sabe usía, esa ciudad que hasta hoy sólo era un interrogante en los mapas! ¡Hemos llegado, sí, a esa villa legendaria donde se alzaba el celebérrimo santuario! Una emoción contenida alumbra todos los semblantes, incluso los de aquellos, como el capitán de los soldados o el jefe de la expedición, que más fríos y circunspectos deberían mostrarse.

No ha sido fácil llegar hasta aquí. Después de haber saciado nuestro apetito con las vituallas que obtuve del convento, a la mañana siguiente reemprendimos el camino. Y no habíamos andado más allá de medio día cuando encontramos un río. Preguntado el maestro orientador, no acertó a decirnos, con seguridad, si se trataba del Thajo, del Iarama, del Enares, o del famosísimo Manz-an-ares. Anchuroso era, por cierto, y caudaloso, y, en tocante a su profundidad, se ordenó a uno de los maestros medidores determinarlo. Tomó éste para ello a su ejecutante principal, le hizo descalzarse, subirse las perneras, le amarró a la cintura un cordel donde iban sujetas dos medianas piedras, y de esta suerte le acercó a la orilla y le ordenó que comenzase a andar. Al cabo de un buen rato de observación del agua, cuando ésta definitivamente recuperó su tersura, fue que el maestro medidor se volvió hacia nosotros y dictaminó:

—Es bastante profundo.

19

Con lo cual tuvimos que ascender su curso hasta que, ya de noche, dimos con un vado por donde pasar a la otra orilla.

Después de éste, pocos incidentes más nos ocurrieron durante la marcha. Atravesábamos por tierra rica, fructífera, agradable, el tiempo era excelente, los arroyos y riachuelos abundantes, los trinos de los pájaros formaban una deliciosa melodía, contrapunteada por el cantar lejano, intermitente, de una chicharra. En éstas que, en lo alto de una pequeña loma que ascendíamos, se detiene el maestro orientador, alza la mano, obligándonos a todos a parar, pliega el mapa, se echa adelante sobre la cabeza de su montura, entorna los ojos y al fin dice:

—Ahí está Maxdriz.

Al punto todos nos echamos abajo de nuestras caballerías, y los mozos, cocineros, ayudantes y demás gente de a pie, presto soltaron lo que tenían entre manos y todos corrimos raudos a unirnos al maestro orientador, en lo alto de la loma. Y el caso era que, mirando en la dirección que nos indicaba, no lográbamos ver otra cosa sino una llanura extensa, surcada de pequeñas, perezosas corrientes de agua, vegetación disforme con predominio del matorral, alguna encina, a lo lejos un grupo de árboles... Campo, en fin. Ya alguna mirada se estaba volviendo hacia el maestro orientador cuando, de pronto, uno de los mozos grita: «¡*Mirabili!*», y dirigiendo todos nuestra vista hacia el punto donde señalaba su brazo vemos cómo, por entre un matorral, refulge al sol la punta agudísima de un edificio. Y de ahí vino el comenzar todos a dar gritos, a abrazarnos, a llorar incluso, a frotarnos la frente en señal de alegría.

—¡El mítico Pirulí!

20

Crecido por este júbilo, y como si la cercanía de la ciudad le hubiera dado renovadas fuerzas, el maestro orientador, que de unos días a aquella parte se había mostrado apático y desganado, de pronto pareció recuperar el aplomo de su conducta y el dominio de su ciencia. Ya había tomado aire para darnos una idea aproximada de por dónde deberíamos avanzar cuando yo, que en aquel punto me encontraba en terreno conocido por mis lecturas de los documentos de la Antigüedad, no pude evitar interrumpir al maestro orientador para decir:

—Yo pienso que lo mejor será —hice una pequeña pausa mientras me acariciaba el mentón—, y en esto estarían de acuerdo conmigo todos los que han estudiado el tema: coger la M-30, dirección Este-Norte, hasta la salida de Ramón y Cajal, cruzar Príncipe de Vergara, seguir luego por Concha Espina...

El maestro orientador escuchó ésta mi ruta con los brazos cruzados sobre el pecho, la cabeza erguida, los labios apretados. Era obvio que se sentía ofendido por mi súbita injerencia; el jefe de la expedición se dio cuenta de esto y fue a ponerle una mano sobre el hombro, con ánimo de sosegarle. Pero el maestro, tan pronto sintió el contacto, retiró el cuerpo, giró sobre sus talones, frunció cuanto le era posible el ceño y se quedó mirándonos de soslayo.

—Venga —dijo en tono dulcísimo el jefe de la expedición—, micer Favius, ande, no se enfade usía. Vamos a hacer caso por una vez al monje comentarista, que no en vano es experto en los textos antiguos.

—Ya. Pero es que están todo el rato igual. Todo el rato igual —y según dijo este último «igual», descruzó las manos del pecho y echó a andar, braceando exageradamente y de modo rápido, hacia un lugar indeterminado.

Después de un largo rato empleado en convencerle, el maestro orientador concedió al fin, aunque a regañadientes, en dirigir la expedición por el camino que yo había señalado. Llegamos así, al cabo de un rato, ante una amplia explanada; el maestro se detuvo entonces y no señaló el lugar, como solía, con un brusco, vibrante, enérgico alzar del brazo, seguido del grito ritual; antes al contrario, dejó caer la mano en un gesto lánguido, displicente, desmayado.

—Aquí está vuestro templo. Hala. Aquí lo tenéis.

—Calad —ordenó el jefe de la expedición con voz tronante, hasta allí desconocida; y luego, cuando hubo cesado todo el estruendo que se suscita al descargar los bártulos y el martilleo de los clavos al montar las tiendas, se dirigió con paso resuelto hacia el maestro orientador, que se había sentado bajo un árbol e indolentemente miraba la actividad. Ya antes de llegar ante él le iba diciendo lo siguiente:

—Espero, micer Favius, que, de verdad, esté aquí el templo fabuloso que buscamos, porque si no...

—Si no... ¿qué?

—Si no, cobra —concluyó el jefe de la expedición, y todos cuantos observábamos esta escena no pudimos por menos de admirarle, por el modo como había impuesto su autoridad.

A la mañana siguiente de haber comenzado esta excavación, una voz, desde el fondo de uno de los hoyos, dio el grito siempre perturbador, siempre inquietante, siempre estremecedor de «¡*edificium!*»[5] Al punto, se

---

[5] Ídem que (1) y que (3), no que (2) y tampoco que (4)

trasladaron a aquel hoyo todos los operarios, se llevó todo el equipo y, poco antes de la noche (en este momento en que le escribo), ya se pueden vislumbrar los primeros restos. En mi próxima carta, le contaré lo que pasó con esto y qué fue lo que, finalmente, se descubrió.

Entretanto, beso a vuesa señoría, etcétera.

* * *

Maxdriz
Día décimo de la octava luna del año 527 d.d.c.

¿Cómo describirle a vuesa señoría el alborozo, el júbilo, la excitación que se apoderó de todos los expedicionarios cuando advertimos, tras tres o cuatro días de cavado, que nos hallábamos efectivamente ante el templo tan ansiado? ¡El mayor y más importante monumento de la Antigüedad! ¡El más grande, más hermoso y más histórico santuario de todo nuestro continente!

Tendrá, a falta de más exacta medición, cosa de 345 pasos, no muy amplios, de largo, 280 ídem de ancho, y de 24 a 25 cuerpos como el mío de altura. Esta altura me atrevo a darla por completada, puesto que han surgido ya, en el fondo del cavado, restos de la hierba originaria. Aquí era donde, dentro de un rectángulo perfecto, se inscribía el *canpo*[6] o lugar de ceremonias, que a continuación le paso a detallar.

Con la ayuda de un maestro medidor, evalué toda la extensión del terreno central, siendo la cifra resultante de

---

[6] Ídem que (2)

ochenta y dos saltos seguidos sin tomar carrerilla por un lado, y treinta y siete y el último dejándose caer por el otro. Acto seguido, y como vuesa señoría me aconsejó, busqué en los lados más estrechos del terreno esos dos agujeros donde, según las noticias que nos han llegado trasmitidas de generación en generación, se incrustaban los dos postes así de altos, con el otro atravesado, que eran, según parece, componente fundamental de la ceremonia. Midiendo la distancia entre agujeros, resultó ser de cinco volteretas hacia delante y un resbalón.

Después de esta primera fase, en la que he hecho acopio de cuanto dato objetivo, medición y prueba me era posible encontrar, paso ahora, conforme ordena la teoría científico-arqueológica, a la segunda fase, en la que es necesario servirse de la imaginación. Paso a la etapa intuitiva. Me hallo sentado en las gradas del templo, arrebujado en una piel de cabra. La mañana se ha presentado un tanto nublada, un viento frío desciende por las ruinas, concretándose, aquí y allá, en pequeños remolinos de polvo; el silencio a mi alrededor es casi absoluto, acaso roto por el sonido, pautado, de un pequeño pico al impactar en la piedra.

Me imagino, en primer lugar, las gradas llenas de asistentes. Las crónicas antiguas hablan de setenta, ochenta y hasta cien mil concurrentes, cifra seguramente exagerada si tenemos en cuenta que, tras la hecatombe, apenas si quedaron sobre la Tierra cincuenta mil seres humanos. Es cierto que el recinto tiene cabida para tantos como dicen las crónicas, siempre y cuando se mantuvieran sentados, con las piernas encogidas y sin poder moverse prácticamente del asiento. Tal postura, salta a la vista, es insostenible, y más si, como sabemos, era norma acudir a la ceremonia con banderas, pendones, estandartes y demás parafernalia cuya función en el culto, a decir verdad, aún no hemos podido definir; es por esto que más pienso yo que andarían tumbados, tendidos o repantingados, cómodos en cualquier caso, y que ese aforo apuntado de siete u ocho decenas de miles bien podría reducirse a la mitad, o a una tercera parte.

Cuentan asimismo las crónicas antiguas con qué desaforado estruendo, proveniente de este público, eran acogidos los oficiantes de la ceremonia cuando saltaban al *canpo*. Supongo yo que este alboroto tendría, sin duda, un matiz reverencial, vendría a ser algo así como una impetración masiva a esos ungidos, a esas cuasi divinidades; no en vano, según se aprecia en muchos viejos grabados, eran numerosísimos los fieles que, alargando sus brazos hacia esos semidioses, buscaban con ellos el contacto salutífero. Otros, los de más arriba y alejados, según se dice cantaban a coro salmos de bienvenida y alabanza, en un tono, presumo yo, de mucha religiosidad. Una vez así cumplimentados los oficiantes, era cuando el sumo sacerdote se presentaba en el terreno.

En realidad, un velo de misterio cubre a esta figura. Sabemos que se acompañaba, para ejercer su magisterio, de un silbato, cuyo trino canoro (me lo imagino aquí sentado) haría entrar a la multitud en una especie de trance. Y sabemos también que, por lo común, al acabar el ritual era acompañado hasta la salida por los *policiae*[7], o soldados ciudadanos que, en cerrado círculo en torno a él, le expresaban, sin duda, su admiración. Por lo demás,

---

[7] Ídem que (2) y que (6), me parece, y, de aquí en más, dejo a discernimiento del lector los términos que han sido conservados, tal cual, o casi, del castellano antiguo y los que son muy parecidos al latín.

su comportamiento sobre el terreno, razones por las que se guiaba y motivos de su actuación continúan siendo un enigma.

Este *arbitro*, como se le llamaba, hacía su aparición en el terreno entre un ondear de banderas y portando el *balon*. Dicho *balon* era un objeto esférico, comparable a una cabeza humana pero sólo en tamaño, no en tocante a blandura o capacidad de bote (como, tras numerosas pruebas, han sentenciado los maestros medidores). Su colocación, por parte del *arbitro,* en el centro del terreno marcaba el inicio del ritual propiamente dicho. Éste consistía, básicamente, en que los oficiantes, divididos en dos bandos, hacían rodar dicho *balon* del uno al otro, y del otro al uno, y éste a un tercero, y éste a su vez a un cuarto, con cuidado de no traspasar las líneas que delimitaban el *canpo,* así como de no ser tampoco interceptados por los oficiantes contrarios. Para ello ponían un especial empeño en *triangular.* Es de suponer que, de este modo, resultarían unas evoluciones exquisitas, culmen del álgebra, la trigonometría, la geometría, la aerodinámica y otras ciencias del espacio; evoluciones que el público, muy versado en estas cosas, contemplaría arrobado, casi en éxtasis, pleno de trascendencia y muy cercano a la comunión con el Creador.

Al parecer, el objetivo último de estos ejercicios geométricos consistía en introducir el tal *balon* en el tinglado anteriormente dicho de palos y redes. Yo, sin embargo, no tengo esto tan claro, quiero decir el gol como objetivo. Pues, de ser así, ¿dónde radicaría la gracia del asunto? Bastaría con avanzar en línea recta, sortear uno tras otro a todos los contrarios y... ¡patapum!, a la red. Ya me dirá vuesa señoría qué puede haber de bonito en esto. Antes pienso que lo que interesaba era el hecho, en sí, del movimiento del *balon,* el discurrir por discurrir de la *pelotha* (como también se llamaba). En verdad le digo que, nada más por esto, debía de ser un espectáculo fascinante.

De hecho, puede leerse en las crónicas antiguas cómo eran muchas las ceremonias en donde no se producía ningún gol, o lo que es lo mismo, que concluían a cero, y no por esto sabemos de quejas ni deserciones ni motines por parte del público. Ah, me digo, cuántas veces no eran nuestros antepasados más sabios y más cultivados que nosotros.

A esta pregunta, como una respuesta misteriosa, una repentina ráfaga de aire violento ha descendido por el graderío, arrasando casi con mis papeles y levantando una gran nube de polvo.

La tarde comienza a caer sobre estas ruinas. El silencio, profundo y sepulcral, ha ahogado con su pie de plomo la algarabía de aquel viejo mundo invocado, y el espacio lo ocupan ya, tan sólo, los exánimes rumores provenientes del cercano bosque. Ha tiempo ya que los maestros prospectores cesaron en su labor y, por encima de la mellada línea del templo, comienza a elevarse y a luchar con la ventisca el humo azul de las hogueras del campamento. Hasta aquí llega, signo único de civilización, el olor agrio de la carne de cordero asándose en los espetones. Así pues, voy a ir recogiendo. Pero antes de ello no quiero dejar de referirme a los héroes de todo aquel ritual, a aquellos poco menos que semidioses, ídolos en cualquier caso, que nosotros llamamos «los oficiantes».

De ellos nos han llegado muchos nombres, pero no importan tanto éstos como su figura en general. Sabemos que los escogían entre lo mejorcito de los hombres, que les educaban para su labor prácticamente desde críos, apartados del mundo, y que luego, cuando por razón de edad

27

ya no podían seguir rindiendo como de ellos se esperaba, entonces... lo cierto es que me cuesta decir esto... entonces «los traspasaban». Sí, «los traspasaban» ¿A quién, que tenga alma sensible, no se le pone al oír esto la carne de gallina?, ¿quién no les compadece sinceramente desde el fondo de su corazón?, ¿quién, cada vez que lee éste su terrible fin, no vierte una sentida lágrima por ellos? Y aunque lo cierto es que burrada semejante oscurece la belleza del conjunto, la grandeza de la ceremonia, y lo avanzado de su civilización, ¿es que acaso nosotros, que nos llamamos sucesores suyos y nos creemos por demás instruidos, no colgamos de los dedos gordos de los pies, cabeza abajo, a los actores que no nos gustan? ¿Será por esto por lo que nadie quiere ser actor en nuestros días y hay que tomar a gente de reemplazo? Me limito a sugerirlo, nada más.

Pero, volviendo a los antiguos, y aunque la brutalidad nunca tiene disculpa, hay que apuntar también en su descargo que, durante los años en que los citados oficiantes eran capaces de cumplir con su tarea a gusto del público, se les trataba con las mayores deferencias y eran agasajados como reyes. Tal demuestra, por ejemplo, la abundancia con que se les retrataba, y no sólo la abundancia, sino el cuidado y la extrema perfección, el amor con que se reproducía su imagen. Por desgracia, de este arte sólo nos han llegado referencias, y unos pocos originales, a través de las crónicas antiguas; bastan estos escasos restos, sin embargo, para apreciar el estilo notabilísimo de aquellos grandes retratistas. ¿De qué manera que ignoramos conseguirían ajustarse tan fielmente a la realidad?, ¿qué asombrosa técnica emplearían? Mucho me temo que pasarán, entre nosotros, generaciones y generaciones hasta que nazca alguno que consiga, siquiera, aproximarse

28

a la calidad de aquel famoso Foto Agencia; entretanto, nos debemos contentar con admirar sus obras, ya celebérrimas: «Miguelón, delantero centro de Osasuna» (retrato que se ha tomado como canon de la belleza clásica); «Paquito, duda para el derbi»; y, sobre todo, ese prodigio de movimiento, de intensidad, de furia y de pasión que es «Márquez rematando el córner que supondría, a la postre, el gol de la victoria». Sencillamente impresionante.

Ahora debo despedirme de vuesa señoría. Pido disculpas por lo extenso de la carta, fruto de la emoción que me ha embargado. Daría, en verdad le digo, la mitad de mi vida por que me fuera posible retroceder en el tiempo y presenciar, siquiera unos instantes, el ritual que se celebraba en estos templos. Es éste un sentimiento común, ya sé, a todos nuestros hermanos, a los monjes instruidos en la lectura y comentario de esa magnífica colección de *Marcas* que se encontraron hace siglos entre las ruinas y que constituyen lo que nosotros denominamos *Crónicas antiguas*. A partir de ellas hemos acertado a reconstruir gran parte del pensamiento y la cultura de nuestros antepasados, una cultura cuyos logros nunca alcanzaremos a igualar, como nítidamente advierte uno aquí sentado, en las gradas de este magnífico templo, el Sant Yago Bernabíu. No es momento, en fin, de ponerse triste, porque ya debe de estar el cordero en su punto.

Beso con infinito respeto a vuesa señoría la nuca.

Ieronimus Marcello
(fraile comentarista)

La variante Pegbedee

Cuando aquel amanecer lunar del día terrestre 15 de septiembre de 2028 Winston Pegbedee se disponía a abrir su módulo, recién posado en la superficie del satélite, estaba bien lejos de imaginar lo que sucedería unos segundos después. Bien lejos de figurarse que, en apenas un minuto, y con él como protagonista, la Humanidad iba a experimentar un sobresalto de tamaño calibre que, de ahí en adelante, no volvería a ser la misma. Las Matemáticas humanas, por ejemplo, que con tanto esfuerzo se habían desarrollado a lo largo de los siglos, quedarían de pronto hechas fosfatina; toda la lógica, tanto tiempo cultivada, saltaría por los aires; y cualquier ciencia desarrollada hasta aquel día sería arrumbada, sin conmiseración, al cuarto de los trastos viejos e inútiles.

Pero vamos por partes y, sobre todo, por instantes, porque todo acaeció de una manera tan rápida que espanta sólo pensarlo: ¿cómo puede, en una micromillonésima de segundo, cambiar de la manera que cambió el destino de toda una especie? Pues así ocurrió, aunque, contado sobre un papel, parezca mentira.

Fue el caso, pues, que el astronauta Pegbedee acababa de abrir la puerta del módulo lunar y se disponía a dar ese pequeño salto que le colocaría en la superficie de nuestro desolado satélite, a sus pies una pequeña nube de polvo. La tarea de Pegbedee iba a consistir en tomar unas cuantas muestras del suelo lunar, dentro de la que se había denominado «Misión Minerva» —así, con estos nombres mitológicos, gustaban de bautizar los del Centro Espacial las excursiones extraterrestres, para con ello crear una idea de conexión con el pasado, de hermandad con los hombres de todos los tiempos en aras de un futuro esplendoroso... en fin, las cosas que se estilaban por aquellos días—. Es necesario advertir que, antes de que Pegbedee asomara en lo alto de las escalerillas, una nave más pequeña, dotada de una cámara de televisión, se había posado unos metros por delante, con su foco dirigido hacia el lugar del alunizaje, para captar a todo su sabor el descenso del astronauta. Esas imágenes solían gustar mucho a los telespectadores de la Tierra, aunque, la verdad, ya no despertaran la misma pasión de hacía unos años, cuando se reanudó la conquista del espacio. La gente, a aquellas alturas, después de diez o doce misiones retransmitidas, estaba ya un poco cansada de aquel paisaje eternamente gris lleno de cráteres y fosos polvorientos, un poco aburrida del espectáculo —bastante monótono, todo hay que decirlo— del módulo que desciende, la portezuela que se abre y el astronauta que se dedica durante un rato a dar saltos de aquí para allá como un niño en una cama elástica. Pero, aun así, las retransmisiones seguían congregando público delante de los televisores; mucha gente, en todo el planeta, se quedaba sin dormir para ver en directo lo que entonces se llamaba «un triunfo más del hombre».

—¡Y ahí desciende Pegbedee, señoras y señores! ¡Estamos asistiendo a un momento histórico! ¡No aparten sus ojos de la pantalla!

31

Pegbedee, en efecto, bajó las escalerillas, con una sonrisa que podía adivinársele detrás de la escafandra. Plantó entre el polvo la bandera de las Naciones Unidas, y haciendo estaba la uve de la victoria —en los televisores sonaba música de Vivaldi y un rótulo decía «Paz y Concordia» en los principales idiomas— cuando, de súbito, y a gran velocidad, por un ángulo de la pantalla apareció una enorme roca que cayó justo sobre su cabeza.

Literalmente, le desintegró.

Cuando se disipó la brutal polvareda —la cámara, milagrosamente, no fue afectada por el impacto—, en el lugar donde hacía unos instantes triunfaba con orgullo la ciencia humana quedaba sólo un meteorito de regular tamaño. Millones de kilómetros más abajo, en el planeta azul, los telespectadores, los ingenieros del Centro Espacial y hasta quienes lo transmitían por la radio quedaron durante varios minutos boquiabiertos.

—Qué mala suerte has tenido, Pegbedee —fue un locutor argentino el primero en reaccionar. También él, aunque parezca mentira, se había quedado sin palabras durante unos segundos, a consecuencia del asombro.

Completamente estupefactos, articulando a duras penas una fórmula de despedida, los distintos locutores de todo el globo fueron finalizando la transmisión; los responsables de la programación emitieron luego, uno detrás de otro, la ristra de anuncios contratados; los ingenieros del Centro Espacial, con la mirada perdida, y en completo silencio, fueron desconectando sus ordenadores; la gente apagó asimismo el televisor y se fue a la cama, aunque pocos, muy pocos, consiguieron dormir esa noche.

* * *

Mientras tanto, en las redacciones de los periódicos los cerebros echaban humo en busca de un titular para la edición del día siguiente. Pero hasta los redactores más ingeniosos se sentían impresionados y confusos por la catástrofe. «The big rock that shocked the world», acertó, pese a todo, a abrir su edición *The New York Times;* «Fatalité lunatique», tituló, con un cierto tono poético, el diario francés *Le Monde;* «Pedrusconi insospechatto», *Il Corriere de la Sera;* «Raumzusammenstobüberraschung», el *Frankfurter Allgemeine;* «Cascote gordo espachurró astronauta», dijo la prensa dominicana. La mayoría coincidía en mostrar, en portada, una enorme foto del peñasco incrustado en la superficie selenita.

Conmocionados todavía por el accidente los columnistas, articulistas y expertos, no aquel día pero sí al siguiente pudieron leerse ya los primeros análisis sobre el suceso. De entre todos ellos destacó un amplio artículo de Mijail Borishenko, reciente Medalla Fields en Matemáticas, titulado «El peñazo. Reflexiones». Muy pronto el texto de Borishenko fue reproducido por toda la prensa internacional. Venía a sostener este autor ruso que, al impactar el meteorito contra Pegbedee, no sólo había hecho mil pedazos al pobre astronauta, sino que también había reducido a polvo una ciencia como la Estadística, cada vez con más predicamento en aquellos tiempos. Porque, siguiendo a Borishenko, que una roca, en deriva interestelar, venga a impactar contra la Luna es una posibilidad pequeña, pero perfectamente mensurable; que esa roca venga a caer justo sobre la cabeza de un ser humano, tratándose de un satélite por costumbre desierto, ya es muchísima casualidad, pero aun así, y con gran esfuerzo matemático, podía cifrarse la posibilidad en un cero coma trillones y trillones de millones por ciento. Ahora bien, que ese suceso lo captasen, en directo, las cámaras de televisión no sólo se escapaba a la ciencia probabilística, sino que podía considerarse, con total propiedad, irrealizable, imposible, absurdo. Por más que se intentase calcular, no había forma humana. Era una posibilidad infinitamente minúscula.

Y, sin embargo, había ocurrido. Vaya que si había ocurrido.

«La consecuencia que cabe, pues —terminaba su artículo Borishenko—, extraer de esta tragedia es que tan probable es que suceda lo que todos esperamos y parece lógico, como que suceda justo lo contrario, y sobrevenga repentinamente el absurdo. No porque hayamos medido, regulado y cotidianizado los hechos éstos tienen por fuerza que acaecer; mañana mismo, o en este momento, un imposible puede cambiar el mundo».

A raíz de este artículo de Borishenko, compartido por todos los sabios, y aun por todos los hombres con un mínimo de raciocinio, la Estadística cayó en un descrédito absoluto.

Literalmente, y como Pegbedee, se desintegró.

Los caballos que cotizaban 40 a 1 comenzaron a ganar carreras, a la gente le dio por viajar en sidecar y ver cine español, el número de obesos descendió, también el de crímenes violentos, pero, a cambio, subieron los índices de lectura. Creció también la demanda de vídeos Beta, el consumo de paloduz, se abrieron restaurantes de gastronomía inglesa y el Vaticano se convirtió en el principal país exportado de kiwis.

34

Pero no fue lo grave esto, que se derrumbara la Estadística y a consecuencia de ello se pusieran en cuestión todos los procedimientos económicos, comerciales, sociales, administrativos, médicos... en que se fundaba la sociedad de aquellos días; lo grave fue que, al hilo de este súbito caos, su hermana mayor, la ciencia matemática, también comenzó a ser puesta en entredicho. A poco del incidente con el meteorito, apenas dos o tres semanas después, muchos hombres de ciencia, y de seguido muchas universidades, comenzaron a adoptar para sus cálculos lo que pronto se denominó «la variante Pegbedee». Se expresaba con el símbolo ☵ y podía leerse como «solía ser», o «era hasta hoy», o, como decían algunos catedráticos, «quién sabe si». De este modo, se acostumbró a decir:

2 + 2 ☵ 4 (dos más dos casi seguro cuatro),

5 x 3 ☵ 15 (cinco por tres a lo mejor quince) o

E ☵ mc^2 (la energía es igual a vete tú a saber).

No es preciso decir que, después de las Matemáticas, fueron desmoronándose, corroídas por la base, las demás ciencias exactas. Se derrumbó, como era de suponer, la Astronomía. Los planetas, de Pegbedee en adelante, no trazaban ya órbitas regulares ni rotaban sobre su eje con puntualidad: orbitaban y giraban «de momento». El universo dejó de expandirse y pasó a desparramarse. Las teorías del big bang, las supercuerdas, la antimateria o los agujeros negros se convirtieron, de pronto, en incomprensibles para el gran público. Ya no podía escucharse en el espacio la callada música de las esferas celestes; en su lugar, quien aplicaba el oído captaba algo así como un estruendo confuso a hojalata. El cielo, como temían los antiguos galos, había caído sobre nuestras cabezas.

Como en las construcciones con fichas de dominó, fueron cayendo luego, una detrás de otra, la Física y la Química: nadie se veía capaz de asegurar, con total certeza, qué sustancia saldría de mezclar dos sales o de qué modo se iría acelerando una bala de cañón tirada desde un tercer piso. «Es más —declararon varios científicos—, ¿para qué iba a querer nadie tirar una bala de cañón desde un tercer piso?» La tabla periódica de los elementos empezó a ser usada por los empleados de limpieza de los laboratorios para envolver sus bocadillos de sardinas.

Cayó la Medicina a continuación. «¿Por dónde cortar exactamente?», se preguntaban los cirujanos ante, por ejemplo, un caso de amigdalitis; «¿y qué pastilla le receto yo ahora?», dudaban los médicos de cabecera ante un paciente que había llegado a su consulta con dos orificios de bala. «Me duele aquí, me duele aquí...» remedaban al enfermo que se retorcía en la cama. Para todo acabaron diagnosticando, en resumidas cuentas, «afán de protagonismo».

La Informática, la más moderna de las ciencias objetivas, y de su mano la electrónica y las telecomunicaciones, sufrieron un desprestigio fulminante. En la última feria internacional del ramo, entre el escaso público asistente causó especial sensación y obtuvo un éxito histórico de ventas cierto sujeto —bastante estrafalario, a decir de los testigos— que, subido a lo alto de su stand, ofrecía a los asistentes «tecnología, ésta sí, segura»: un burrito de madera que marcaba con el rabo si iba a llover, haría nublado o brillaría el sol. «Vengan, señores, vengan a ver. Infalible. Y si acaso falla, le devolvemos su dinero». A decir de los testigos, fueron muchos los particulares, las empresas y hasta los organismos públicos que adquirieron el invento y que, por un precio módico, se llevaron de añadidura un tónico para el crecimiento del cabello.

«This page can not be found», «This page has been removed» e incluso «Deleted page» era el mensaje habitual cuando uno se adentraba en internet.

Respecto a las ciencias humanas, ¿qué decir de la Geografía, por ejemplo? La gente comenzó a poner en duda las alturas que figuraban en los mapas, las profundidades marinas, las distancias kilométricas. Se iban distorsionando los atlas y se daba pábulo a teorías como que el Himalaya era, en realidad, una sierra, o África una península. «¿Y por qué no se va a poder cruzar —dijo un audaz navegante— el Atlántico en bote de remos?», al tiempo que, efectivamente, se embarcaba en Lisboa. Apenas siete meses después, mandó un telegrama desde las Bahamas: «Poder, se puede. Pero no merece la pena». ¿Y qué decir de la Historia? ¿Quién nos asegura —se comenzó a pensar entonces— que no es todo una mistificación, un cuento muy bien elaborado, un fantástico trampantojo de legajos polvorientos y restos de piedra? ¿No podría ser que el mundo, en realidad, hubiera nacido anteayer, y las fábulas, las leyendas, los mitos que se dicen surgidos en la noche de los tiempos no fueran más que instrumentos con que estamos siendo manipulados? ¿Podría el más destacado historiador jurar que esto es falso? No, a decir verdad, no podía.

Inmersos en la tarea de liquidación por derribo, la Filosofía, cómo no, acabó por verse también afectada. De ella, sucesivamente, se fueron desprendiendo máximas —por inútiles, por infundadas, por espantosamente optimistas— hasta llegar a la única que pareció entonces pura, límpida y digna de constituirse en la piedra angular del pensamiento renovado: «Sólo sé que no sé nada». Pero en esta ocasión no se tomó, a partir de aquí, el camino que, seguido durante milenios, había conducido al error. Se tomó el camino contrario. «Sólo sé que no sé nada y que nunca llegaré a saberlo», amplió la máxima, al poco tiempo, un pensador. «Sólo sé que no sé nada, que nunca llegaré a saberlo y que, en realidad, no me importa demasiado», la mejoró, corriendo el tiempo, otro filósofo.

Por aquel tiempo, también dejaron de producirse novelas, en especial las llamadas «de pensamiento». Todos aquellos escritores que durante años habían estado dándose importancia y despreciando con condescendencia a los lectores «por no afrontar la verdad última» tuvieron de pronto que callar. La verdad última, muy a pesar de todos, se había revelado y no era, ni por asomo, la que ellos creían poseer en exclusiva para irla dispensado, de manera críptica, en pequeñas dosis. La verdad última era que no existía ninguna verdad. En cualquier momento podríamos estar deliberando sobre el sentido de la vida y, de pronto, salirnos de la órbita solar y perecer en cuestión de segundos, sin entender qué está pasando, víctimas del frío y en la mayor oscuridad.

Por descontado, todos aquellos novelistas que, con voz engolada, y no menos afectación que los anteriores, invitaban a los lectores a buscar en su interior algo parecido a la comunión con el infinito, aquellos que pregonaban lemas como que el universo se conjura a nuestro favor si de verdad, de corazón, con todas nuestras fuerzas deseamos algo, a todos éstos, por pura vergüenza ajena, se les empleó en la descarga de verduras para que llevaran algo de dinero a casa.

Ocurría todo esto para el año 2030, apenas dos después del «incidente Pegbedee». Podrían gastarse aquí litros de tinta hablando de los apocalípticos, milenaristas, visionarios y profetas que surgieron, en manadas, durante estos setecientos días, invitando a la Humanidad a hacer acto de contrición. El meteorito, no cabía duda, había sido una señal del Altísimo, y era momento de rezar, rezar mucho, pedir perdón por los pecados y renunciar, de una vez por todas, al progreso, a la ciencia laica y a la manipulación genética, en castigo de lo cual habíamos recibido semejante pedrolo. «Sea», concedieron los pueblos; de hecho, ya habían renunciado al progreso y a la ciencia de manera espontánea. Había también, continuaron los iluminados, que edificar una serie de templos en determinados lugares que la divinidad les había revelado a ellos en primicia; «sea —volvieron a conceder los pueblos—, si os empeñáis». Y por último, fundamental, los místicos insistieron en que había que desprenderse del dinero y de los bienes ganados en sucia forma. Sobre este asunto, así hablaron los pueblos: «Sea también, pero con una condición: que el dinero, pues es causa de todos los males, se destruya, y que, para no importunar la espiritualidad de los sacerdotes, se encargue a las autoridades seglares que lleven la contabilidad de los nuevos templos». «¡No! —se apresuraron a responder los elegidos—. A la divinidad hay que obedecerla ciegamente, sin condiciones ni preguntas, desde la humildad y la fe». Y ésta es, lector, la razón de que haya hoy día tanto visionario, profeta, apocalíptico y milenarista descargando verdura en el mercado de frutas.

Sucedían las cosas, en fin, por inercia, se realizaban con desgana, por costumbre, sin la esperanza puesta en un estadio superior...

39

* * *

Fue en medio de aquellos tiempos procelosos cuando conocí al doctor Summer. Yo, por entonces, pese a lo desbaratado del mundo, estaba buscando trabajo de administrador de empresas, y a tal fin había enviado cientos de currículos y me estaba sometiendo a pruebas prácticas, exámenes de cultura general, tests psicotécnicos, de personalidad, de idiomas... Una noche, a hora intempestiva, a eso de las dos de la madrugada, sonó de pronto mi teléfono móvil. «Número desconocido», marcaba en el visor.

—¿Sí?

—¿Es usted...? —y dijeron mi nombre.

—Sí —respondí, algo asustado.

—Preséntese este jueves, a las cinco de la tarde, en el número 463 de Mulgrove Road —me ordenaron—. Es para un trabajo. Le interesará.

Y sin darme tiempo siquiera a dar por recibido el mensaje, se cortó la comunicación.

A las cinco en punto de la tarde del jueves, llamé a la puerta del número que me habían indicado, y un hombre como de cincuenta años, fornido y de semblante serio, acudió a abrirme. Vestía traje oscuro, camisa gris, corbata negra, y procedía con toda la circunspección de los mayordomos, al menos de los mayordomos que yo había visto en las películas. No tuve ocasión siquiera de decirle mi nombre, ni el motivo de mi visita, pues enseguida, con un somero «pase», me invitó a entrar. Cerró luego la puerta sin hacer ruido, se colocó delante de mí y con otro sucinto «sígame» me condujo por un pasillo tenuemente

40

iluminado, cubierto su suelo por una espesa alfombra. Llegamos hasta una especie de sala de espera, donde, con un ademán de la barbilla, el mayordomo me invitó a pasar y sentarme en un mullido sillón. Una vez me hube sentado, deslizó una puerta corredera y me dejó a solas en el cuarto.

La casa era grande por fuera y espaciosa y confortable por dentro. Se respiraba en todo el espacio un sereno lujo, algo anticuado y decadente: suelos de buena madera, paneles asimismo de madera oscura que cubrían por entero las paredes, pesados cortinones de terciopelo ante las ventanas, marinas holandesas en marcos dorados, lámparas de varios brazos en el techo, una vitrina con lo que parecían trofeos de *cricket* o de polo… Todo ello en una atmósfera de luz atenuada, el sonido lejano de un carillón que daba los cuartos, un leve y dulzón aroma a tabaco de pipa…

No pasó mucho tiempo —quizás veinte minutos— hasta que la puerta corredera volvió a deslizarse con un susurro y el mayordomo me hizo seña de que le siguiera. Salimos al pasillo, anduvimos unos pasos y la grave figura que me precedía abrió entonces otra puerta corredera a mi derecha y me indicó, de la misma forma seca, que entrara. Pasé así a una amplia sala que servía de biblioteca. Esta sala sumaba, al lujo propio de la casa, el empaque de los volúmenes cuidadosamente dispuestos en las estanterías, encuadernados la mayoría en piel y fileteados en dorado; el grosor de una alfombra de lana persa en el centro de la sala; y el boato de una chimenea en un testero, sobre cuya repisa se disponían objetos de plata y un pesado, aparatoso reloj de cristal con reborde dorado. En el centro, un sillón, de espaldas a la puerta por la que había entrado, estaba ocupado por alguien —un hombre, a juzgar por la

41

mano en el reposabrazos— que emitía profusas volutas de humo. Sólo cuando el mayordomo hubo cerrado la puerta, dejándonos solos, el sillón giró y su ocupante se ofreció a mi vista.

Existen pocas fotografías del doctor Summer; yo, al menos, en los cerca de seis años que estuve trabajando para él, apenas si llegué a ver cuatro o cinco. Todas ellas, por ende, de joven, pues durante el tiempo en que tuvimos trato siempre puso especial cuidado en no dejarse fotografiar. Por supuesto, ninguna de esas fotografías donde se muestra su rostro llegó a ser reproducida por los medios de comunicación; es más, ni siquiera el nombre de Summer, creo yo, llegó a ser conocido nunca por el gran público. Yo mismo, confieso, dudo todavía si Summer sería en realidad su apellido y en virtud de qué especialidad o de qué estudios se hacía preceder del sempiterno «doctor». Si era médico, nunca le vi ejercer; si era filósofo, poeta, geógrafo, o si estaba doctorado en cualquier otra disciplina, nunca le vi interesado por rama alguna del saber.

Sin embargo, y me voy a permitir adelantar acontecimientos, el doctor Summer era rico. Muy rico. Inmensamente rico. No llegué a averiguar de dónde provenía tamaña fortuna: ¿una herencia?, ¿un premio de la lotería?, ¿una clínica privada de cirugía estética?, ¿quizás negocios turbios? Nunca se lo pregunté, y no por falta de ganas, pero formaba parte del contrato. «No ha lugar para preguntas personales», así quedó establecido desde el primer momento. Pero, antes de nada, apenas habíamos acabado de estrechar nuestras manos, el doctor Summer me informó de lo que iba a cobrar.

—¿Al año? —pregunté con los ojos algo desorbitados.

—Al mes.

—Espere un momento —y busqué un taburete cercano, me senté en él y comencé a hiperventilar.

—Lo único que le exijo a cambio —siguió Summer— es obediencia ciega. No tema, no le voy a pedir que haga ninguna cosa ilegal, ni siquiera inmoral. Pero es imprescindible que no pregunte, que no quiera saber, y también que guarde silencio.

—Entendido.

Y para dejar constancia de mi buena disposición callé, y en el aire quedó flotando un espeso silencio. En el carillón sonó la media.

—¿Puedo hacerle una pregunta? —rompí al cabo de unos segundos mi compromiso.

—La última.

—¿Por qué me ha elegido a mí para este trabajo? Quiero decir...

—Le entiendo. Y le explico: hemos estado examinando todos sus tests, sus pruebas, sus entrevistas, y hemos llegado a la conclusión de que es usted la persona idónea para este puesto.

—Pero toda esa información se supone que es privada, que no tenía que salir de los departamentos de selección de las empresas... —protesté.

El doctor Summer clavó en mí sus ojos azules, que brillaban con una cierta socarronería.

Caigo ahora en la cuenta de que todavía no he descrito a mi empleador. Mejor así, no obstante; dejémosle en la sombra, tengamos un rasgo de fidelidad. Mientras el doctor Summer dirigió su extraordinaria aventura, puso un especial empeño en que ni su nombre, ni su figura, ni su pasado ni su presente fueran de conocimiento público, aun cuando entonces muchos hubieran estado dispuestos a dar su vida e incluso vender su alma por acceder a esa información. Hoy, cuando todo parece haber concluido y el bueno del doctor se ha retirado de la vorágine, no me parece leal ni, sobre todo, justo, ahora que está desprevenido, revelar su identidad ni descorrer el telón sobre su persona, tanto menos por un simple cotilleo. Respetémosle, pues, conservémosle anónimo y desconocido detrás de la mesa desde la que impartía órdenes y sobre cuyo tablero firmaba, mes tras mes, con rigurosa puntualidad, el cheque de mis emolumentos.

Quién sabe si en un futuro volverá a hacer falta un hombre como él.

* * *

El día 13 de noviembre de 2031 se publicó en los principales diarios del mundo el siguiente anuncio (en cada país en su respectiva lengua): «Se buscan personas cualificadas para importante proyecto. Altísimos salarios. Presentarse en…» (y para cada nación se daban las señas de varios lugares de reclutamiento).

Aunque el mundo estuviera patas arriba, todavía el dinero seguía ejerciendo un poderoso atractivo sobre las personas, y todavía el orgullo, o la soberbia, hacían que, si no se especificaba más, todo el mundo se considerase cualificado para cualquier cosa. Como resultado de ello, el día señalado, en los lugares indicados, las colas alcanzaban centenares de metros, rodeaban varias manzanas, subían y bajaban escaleras... Integraban las filas hombres jóvenes y también hombres cercanos a la ancianidad, mujeres adolescentes y mujeres maduras, gente sana y gente impedida... Un tipo de la organización, de mono amarillo, se paseaba junto a las larguísimas hileras e iba haciendo una criba entre los reunidos: «Tú sí», «tú no», «tú sí», «tú no», y al que señalaba como *no* debía de abandonar la fila, bien por su propia voluntad, bien del brazo de unos agentes de seguridad que escoltaban al seleccionador.

—Y yo ¿por qué *no?* —se encaró con él uno de los desechados.

—Así son las cosas —se limitaba a explicar el del mono.

—Pero no estoy de acuerdo.

—No haber venido, nadie le obligaba.

—Esto es una indignidad. Protestaré al Defensor del Pueblo.

Pero el Defensor del Pueblo, que se hallaba varios metros delante y era de los que *sí,* se hacía el desentendido.

De esta forma, con algún que otro tumulto, sólo una cuarta parte de los que formaban la cola pudo pasar al interior. Una vez allí, otro tipo de mono amarillo los fue discriminando de nuevo: «tú sí y tú también», «tú no y tú tampoco». Entre los rechazados y entre los escogidos había de todo: guapos y feos, gordos y delgados, zurdos y diestros, inteligentes y zotes; y, por descontado, ejemplares de todas las razas a un lado y al otro. Todo el mundo esperaba con la mayor incertidumbre el momento de plantarse frente al elector para que éste emitiera su veredicto. «¿Me elegirá a mí?», se preguntaban, y la incertidumbre iba creciendo por momentos, porque nadie acertaba a colegir en qué criterios se estaban basando los del mono amarillo para hacer la selección. Algunos, con marcado tono científico, creyeron advertir que si el del mono amarillo escogía a éste y despreciaba a aquél era en virtud del tamaño y forma de su bóveda craneal, de sus arcos superciliares y de la depresión de su occipucio; otros, a su lado, opinaban que, muy al contrario, en lo que se estaban fijando en realidad los electores era en si el aspirante tenía la cabeza más o menos gorda.

Circulaba, en fin, entre los candidatos, toda clase de pareceres.

Muy lejos estaban de imaginar siquiera, unos y otros, que el método de selección era totalmente aleatorio. Se escogía a éste porque sí, se despreciaba a aquél porque también. Ésa era la orden. Todo lo más, se permitía a los electores efectuar sus descartes atendiendo a quién tenía la carne del lóbulo separada de la oreja, quién mostraba una mella entre los dientes delanteros, a cuál se le marcaba mucho la nuez, y criterios así. Comoquiera que fuese, al final del proceso en las diferentes naciones, fueron 100.000 las personas elegidas.

Estos 100.000, a su vez, se dividieron en dos grupos de 50.000, en razón de nadie sabía tampoco qué tipo de pauta. A uno de estos dos grupos se le comunicó que iba a ser trasladado a una especie de cuartel para un duro proceso de entrenamiento; a los otros 50.000 se les dijo que habían tenido suerte y su adiestramiento sería mucho más suave en una suerte de ciudad residencial.

Cuando los 50.000 «del patíbulo», como se conocía a los primeros, llegaron algo escamados a su acuartelamiento, se encontraron con que, lejos de una dura disciplina, eran alojados en habitaciones con yacuzzi, neveras repletas, televisión por cable; que podían levantarse a la hora que

46

quisieran, dormir la siesta cuanto les apeteciese y elegir, entre una lista de más de treinta platos, primero, segundo, tercero incluso, y postre. El paraíso, se podría decir, y, sin embargo, ninguno de los 50.000 estaba contento. «Si nosotros —cuchicheaban—, los destinados a sufrir, nos estamos dando esta vidorra, ¿qué no estarán haciendo los otros 50.000?», y se figuraban todo tipo de orgías, piscinas llenas de champán, bandejas a rebosar de ostras y langostas, largos masajes a manos de la más bella y complaciente servidumbre, mullidos sillones donde ser abanicados con suavísimas plumas de marabú… Y así durante un largo rato, porque la imaginación siempre es pródiga cuando se trata de fantasear con placeres.

A nadie, sin embargo, pese a la prodigalidad, se le pasó por la cabeza lo que en verdad estaba ocurriendo con el otro grupo, con los 50.000 «de la fama». A éstos, según llegaron a su «ciudad residencial», les salió a recibir un sargento de hierro y, sin darles tiempo apenas a dejar sus macutos en el suelo, les puso a todos a hacer flexiones. Y después abdominales. Y después saltos. Y volteretas. Y balón medicinal. Y todo ello a toque de silbato, el mismo silbato con el que luego les mandó acostar, cada cual en su catre y «cuando apague la luz no quiero oír el menor ruido». «¡Santo Cielo! —murmuraban en la oscuridad estos 50.000—, si a nosotros, los agraciados, nos tratan así, ¿qué no estarán haciendo con los otros?» Y se figuraban sucias, oscuras y húmedas mazmorras, órdenes dadas a gritos y acompañadas por el restallar de un látigo, raciones de pan podrido y agua maloliente, celdas de castigo y clavos ardiendo entre las uñas para los díscolos… Como también en este asunto la imaginación es inagotable, acabaron por recopilar una colección muy completa de suplicios con los que se animaban para aguantar la disciplina que les había correspondido.

Tras cuatro meses de instrucción, cada grupo a su manera, los 100.000 fueron reunidos de nuevo en una amplia explanada de Polonia, donde se iba a llevar a cabo el proyecto. Desde el primer día comenzaron a trabajar duro y, desde el primer día también, cada grupo tuvo ocasión de oír lo que contaba el otro y llegar a sus propias conclusiones. Los que habían vivido bien pensaban que los contrarios se habían dado, en efecto, una vidorra superior, y que si lo negaban y, es más, contaban una milonga sobre flexiones y abdominales, era por disimular.

—Todo es una confabulación —comentaban entre sí—; están todos conchabados, pero a nosotros no nos engañan.

En el extremo contrario, pero en parecida forma, los que habían vivido de modo no tan bueno pensaban que los otros 50.000 se habían puesto de acuerdo para mentir y regodearse con su sufrimiento. «Son malos, ruines y retorcidos», comadreaban en su rincón, pues ellos también habían decidido hacer rancho aparte. Si acaso alguna vez surgían las dudas y, puestos de acuerdo los dos grupos, decidían preguntarles a los capataces por la verdad, éstos, indefectiblemente, les devolvían a su puesto y les conminaban a trabajar y dejarse de chiquillerías. Y si quizás alguno se ponía farruco...

—Nadie le ata —era la respuesta tipo—; siempre tiene usted la posibilidad de marcharse y volver a su vida anterior.

Y con esto y ser el sueldo muy suculento, quedaban plenamente convencidos.

* * *

Entretanto, el proyecto fue tomando forma: nada menos que la de una pirámide, más grande que la de Gizeh. «¿Una pirámide en medio de Polonia?», se comenzó a preguntar la prensa de todo el mundo. «Absurdo», fue la opinión unánime de los periódicos. Pero después dieron en reflexionar: «Parece claro, por lo que hemos visto estos años, que el mundo es absurdo, que no tiene sentido; pero de ahí —comenzaron a señalar en las segundas ediciones— a que alguien se gaste un dineral para nada... Algo tiene que haber, alguna lógica, algún beneficio».

Lo primero que procuraron todos los periodistas, como era de prever, fue descubrir qué o quién se encontraba detrás de aquel excéntrico proyecto, pero, al fin, de un modo u otro, las pistas llevaban a Suiza, de Suiza a Andorra, de ahí a Gibraltar, de Gibraltar a las Islas Caimán... y cuando el periodista quería darse cuenta, el rastro se había perdido irremisiblemente. «Está bien, sea como sea, ignorémoslo; en todo caso, no parece un proyecto peligroso», opinaron algunos. «¿Cómo lo vamos a ignorar?», se apresuraron a responder otros.

Comenzaron a surgir teorías.

Unos pensaban que aquella pirámide iba a ser utilizada como enterramiento, al modo de las egipcias; para otros, se iba a emplear como depósito de armas, o como cámara donde guardar tesoros. «No tiene más fin que el turístico», escribieron algunos. «Acaso se está construyendo por mera estética», escribieron otros. Pero pronto emergieron interrogantes más profundos: ¿habrá detrás algún motivo religioso?, ¿formará parte del culto a una desconocida y poderosa divinidad?, ¿será, como ya decían ciertos pensadores, algo así como una enorme antena para contactar con los habitantes de otra galaxia? Las preguntas llegaron al paroxismo cuando, concluida la pirámide tras cuatro años de trabajo, ésta fue recubierta con cristales negros. ¡Eso, sin duda, debía tener un significado! ¡Ahí estaba la prueba de que la pirámide polaca era un modo de conexión con los seres extraterrestres, o con los espíritus, o con algo/alguien que escapaba a nuestra comprensión!

Por aquel entonces, finalizada ya por completo la construcción, los 100.000 que la habían llevado a cabo fueron licenciados, y sobre ellos se precipitaron las cámaras y los micrófonos, las grabadoras y los flashes. Las portadas de papel y los informativos de prensa y radio pronto se llenaron de declaraciones, confesiones, exclusivas; muchos obreros comenzaron a publicar sus diarios, que eran devorados por el público en busca de una clave sobre el misterio piramidal. Se desvelaron las discrepancias existentes entre los dos grupos y, a raíz de ello, se fue creando un clima de opinión en el gran público, ese que mayoritariamente había sido rechazado en el proceso de selección. Según esta inmensa mayoría:

—Haya sido más o menos favorecido cualquiera de los dos grupos, en todo caso, ambos son unos privilegiados, y a la vista de lo bien que se les ha pagado, en el fondo carecen de razón alguna para quejarse.

Y al hilo de este contencioso se retomó la pregunta:

—Hablemos claro: ¿por qué se les eligió a ellos y no a nosotros? Debe haber una verdad última.

Por entonces, ya las Matemáticas se habían desempolvado para medir el grado de inclinación de la pirámide y rastrear en sus proporciones un indicio del misterio. O mejor Misterio, con mayúscula. Unos científicos hicieron rodar una bala de cañón desde lo alto para analizar atentamente su trayectoria y su aceleración. De la observación de los astros en relación con la pirámide se advirtió que, proyectando una línea recta desde su vértice, apuntaba a una estrella de la constelación de la Osa Menor. Se descubrió que la distancia entre la pirámide negra y las otras pirámides milenarias de Egipto era asombrosamente la misma, metro a metro, milímetro a milímetro, que la que separaba Charlottesville, en Virginia, de Winslow, en Arizona; y tanto Charlottesville como Winslow se llenaron de investigadores y turistas esotéricos. Muchos enfermos de diversos males fueron a instalarse, primero en tiendas de campaña y luego en edificios cada vez más elaborados, alrededor de la pirámide polaca, pues era fama que de ésta emanaba un campo magnético que sanaba de las dolencias. «¡Pero eso es una estupidez!» declaró un famoso médico cirujano que, de ahí en adelante, consagró toda su vida a luchar contra la superstición y la ignorancia. Otros, con buen criterio, sostuvieron que algo tenía que haber en la historia de Polonia, en su geografía, sus costumbres, su clima, o quizás en su folclore, que explicara el levantamiento de la pirámide en aquel país y no en cualquier otro, y con fruición se lanzaron al estudio de todas esas disciplinas. No con ánimo tan científico, pero ánimo al cabo, la gente con imaginación, los novelistas y dramaturgos, se lanzaron a escribir comedias, dramas, poesías y todo género literario con el escenario, al fondo, de la pirámide negra. Y se compusieron canciones. Y se pintaron cientos de cuadros. E internet se llenó de foros, miles, donde se debatía sobre el tema…

* * *

—Si me permite, doctor, quisiera hacerle una pregunta —le dije a Summer cuando ya todo había concluido, cuando ya, de hecho, estábamos tratando sobre mi finiquito.

—¿Otra pregunta? Ya me hizo una hace cinco años.

En aquel momento, el mayordomo —Clarence era su nombre— entró para servirle un vaso de zumo de frutas. Summer esperó a que el sirviente abandonara la biblioteca; luego dio un breve trago, dejó el vaso sobre la mesa y dijo:

—Está bien. Supongo que se lo merece por su larga fidelidad. ¿Qué es lo que quiere saber?

—¿Por qué? Es decir...

—Ya le entiendo.

—Déjeme acabar, por favor. La razón última de todo esto no me resulta difícil de comprender; pero yo le pregunto por la razón primera. Por el motivo que lleva a un hombre como usted, introvertido, solitario, huraño si me lo permite, a comprometer su fortuna y exponerse a un fracaso cuando nada, en realidad, le...

Summer me hizo una seña con la mano para que callara. No le gustaban las palabras superfluas.

—No soy muy aficionado a la lectura, pero creo que fue uno de los Karamazov quien dijo aquello de que no soportaba a los hombres en su individualidad. Su olor, su respiración, sus sonidos, su sola presencia le encrespaba, y sin embargo, pese a serle insufribles las personas, no dudaría, dice, en subir al Gólgota por el bien de la Humanidad —Summer tomó un nuevo trago de zumo—. Yo tampoco aguanto a los hombres, señor... —y aquí mi apellido—: me parecen unos seres despreciables, egoístas, viles, mezquinos, cobardes e ignorantes. No presumo de

52

ello, pero soy capaz de pasar con la mayor indiferencia ante un hombre que agoniza en la calle, lamentando todo lo más el que me cause cierto retraso en mi camino hacia la ópera, donde poco después asistiré al mismo espectáculo que acabo de ver de aquel hombre agonizante, pero esta vez sobre un escenario y le confieso que entre lágrimas y profundamente conmovido. Bien. Creo que con esto me he explicado —y desparramó una profusa firma sobre el cheque de mi finiquito.

Nunca más he vuelto a saber del doctor Summer. Cierta vez, por pura casualidad, pasé ante el 463 de Mulgrove Road y me pareció ver que la casa se encontraba abandonada. No me acerqué, sin embargo, a asegurarme y aceleré el paso hasta doblar la esquina. Repicaban las campanas de una iglesia próxima; en una esquina, unos músicos ambulantes ejecutaban la canción de moda; detrás de ellos, unos carteles gigantescos invitaban a los transeúntes a consumir tal o cual producto, o a visitar tal o cual negocio. En los escaparates de las tiendas de electrodomésticos, varios televisores centelleaban con las imágenes de la gran noticia: la nave *Hércules* acababa de despegar —14:27 hora de Houston— rumbo a Marte.

Profesa usted el principio de que lo que usted no sabe no existe, y de que, por consiguiente, lo que usted no comprende no puede explicarse. Es un punto de vista muy cómodo, porque libra de la preocupación que representa la incertidumbre. ¿Verdad que el mundo es un sitio agradable y maravilloso?

S. S. Van Dine

53

La célula

Se oyeron ruidos en la espesura, como de ramas que se quiebran. Un par de sombras, pese a la oscuridad de la noche, se destacaron entre el follaje del bosque.

—¡Alto! —gritó el centinela, llevándose el fusil ante los ojos—. ¡Santo y seña!

—¡Libertad o muerte!

—¡Error!

—¡Victoria o muerte!

—¡No!

—Danos una pista.

—Empieza por I.

—¡Independencia o muerte!

—Podéis pasar —el centinela volvió a terciar el arma.

Las dos sombras, a la escasa luz de la luna en menguante, se deslizaron por una vereda entre los árboles y los matorrales, un camino de cabras montaraces, trazado de manera sinuosa, abrupta, y a ratos interrumpido por las raíces de los árboles, por helechos o por piedras. Un par de veces perdieron el rastro del camino; otras tantas, al descender una pendiente, se escurrieron en la arenilla hasta acabar cayendo de culo. En cierta ocasión, el que caminaba en cabeza se estampó contra el tronco de un árbol. Aquello les hizo tomar una determinación:

—Yo creo que mejor si nos quitamos las capuchas.

—Sí.

Con la visión, pues, más despejada, pero aun así con cuidado y mirando continuamente al suelo en prevención de accidentes, ambos hombres siguieron el tortuoso sendero. Al fin, advirtieron un poco más adelante el resplandor de una hoguera. Según se fueron acercando, distinguieron varias figuras que, sentadas en troncos talados, formaban un círculo alrededor de las llamas. Parecían todos hombres, catorce o quince, y entre ellos cundía el silencio; es más, se diría que meditaban gravemente con la vista puesta en el suelo. Ya se encontraban a apenas unos pasos de la reunión cuando, de pronto, la hojarasca crujió con estridencia bajo sus pies.

—¡¿Quién vive?!

Todos se habían removido en sus rudimentarios asientos, pero uno en especial, el más cercano al ruido, se había levantado presto y, con sordo vozarrón, les conminaba a identificarse, al tiempo que —el sonido era inconfundible— montaba una pistola.

—Independencia o muerte —se apresuró a decir, un punto nervioso, el que marchaba en cabeza.

—Bien, pasa.

El que abría la marcha pasó al lado del de la pistola, pese a todo con el mayor disimulo posible.

—¿Y tú? —el pistolero, de un brusco manotazo en el pecho, detuvo al que marchaba detrás y que también estaba haciendo por escurrirse a su lado.

—Yo... yo... —balbució, confuso, el detenido— ...vengo con él. Independencia o muerte, también.

—Vale, venga, pasad los dos. Ahora, una cosa —dijo de pronto, con tono autoritario, mientras devolvía la pistola a su funda—: poneos las capuchas. No queremos que nadie conozca nuestras caras, ni siquiera entre nosotros —y luego bajó la voz, hasta adquirir un tono confidencial—: es posible que haya algún infiltrado.

—¿De la policía? —preguntó uno de los recién llegados mientras, con presteza, sacaba la capucha de su bolsillo y se la volvía a enfundar.

—No sólo de la policía. También puede haber algún miembro del Sudsuín.

—¡El Sudsuín! —exclamaron los dos al unísono, y a toda prisa tiraron de la tela hasta que les llegó a la barbilla.

Se incorporaron de esta manera al corro y mascullaron un «buenas noches» que fue respondido apenas con un rezongo por los reunidos. Luego buscaron un sitio donde sentarse, como los demás. Advirtieron entre las sombras, tirado en el suelo, un tronco de regular tamaño en el que bien podrían caber cuatro o cinco personas, pero que en aquel momento estaba ocupado tan sólo por un individuo, cabizbajo como el resto y con las piernas cruzadas. Se acercaron a él:

—¿Está ocupado? —le preguntaron, señalando con la barbilla el espacio libre en la madera.

—No, no, siéntense —les respondió, al tiempo que retiraba un kalasnikov que tenía apoyado sobre el tronco y se desplazaba a un extremo.

—Muchas gracias. Muy amable —y después de echar un vistazo rápido a la superficie, no fuera a haber alguna astilla, musgo o resto de resina que les estropeara los pantalones, se sentaron y removieron un tanto las posaderas hasta encontrar el mejor acomodo.

Tuvieron ocasión entonces de observar a placer a las catorce o quince personas que se encontraban alrededor del fuego, sentadas en diferentes troncos. Todos los reunidos tenían el rostro cubierto con pasamontañas, y en todos, a través de las rendijas, se vislumbraba un semblante serio. Algunos entretenían la espera fumando, otros hacían dibujos con un palo en la arena, había también quien mataba el tiempo pasándose de una mano a otra, con amplio vuelo, un cuchillo con una hoja de al menos tres palmos. Todos permanecían en silencio. Sobre sus cabezas, y entre las copas de los árboles, titilaban las estrellas; una lechuza ululó a lo lejos.

—Pues parece que se ha quedado buena noche —dijo uno de los recién llegados, con la vista perdida en el cielo.

—Sí, eso parece —le secundó su vecino de tronco, el del kalasnikov.

—Menos mal, porque estos últimos días no había quien durmiera.

—Ya lo creo. Entre el calor y los mosquitos…

—Nunca había visto yo tantos mosquitos como este verano —terció el que estaba sentado en un extremo—. Parecía una plaga.

—Siempre que hace calor pasa lo mismo en este cochino país. Tengo unas ganas de independizarme…

La lechuza volvió a ulular. Alguien alimentó con unos papeles el fuego, y la súbita humareda que se levantó, a un ligero soplo de la brisa, envolvió a los tres sentados en el tronco.

—Mira el gilipollas —masculló uno de ellos— con los papelitos —tosió—. Si no fuera porque lleva —volvió a toser— varias bombas adheridas al cuerpo —tosió de nuevo—, se iba a enterar.

—¿Quiere usted un caramelo? —ofreció el del kalasnikov.

—Hombre, si me hace el favor... —rompió a toser.

—Cómo no.

Buscó el del kalasnikov en la cartuchera, que tenía a sus pies, y extrajo de una de las vainas unos caramelos mentolados. Le tendió el paquete al que tosía, para que tomara uno, o los que gustase, y luego le ofreció a su compañero.

—¿Quiere usted?

—Bueno, pues sí, muchas gracias.

—Coja, coja, están muy ricos. Son de eucalipto. Yo llevo siempre caramelos encima, en todas mis acciones armadas. Eso y cacao para los labios, que se me cortan con frecuencia.

—Hace usted muy bien. Hombre prevenido...

Entretanto, de igual manera subrepticia que ellos, habían llegado cinco o seis enmascarados más a la reunión y se habían ido diseminando por los troncos caídos en el suelo. Se produjeron murmullos durante un rato, mientras los nuevos se acomodaban; toda una fila entera, por ejemplo, hubo de levantarse para dejarles pasar a donde había sitio libre. Se sucedieron entonces los gemidos sordos por algún pie que se pisaba. «Créame que lo siento», se disculpó uno a quien, en el pequeño revuelo, se le habían caído varias granadas de mano sobre el regazo del vecino. Siguió a esto un profundo silencio, sólo roto por el lejano canto de la lechuza y el más cercano de algún grillo. Y cuando los asistentes estaban más ensimismados en la contemplación del fuego, de pronto, se alzó una voz poderosa:

—¡Buenas noches, camaradas!

Pareció haber tronado detrás de ellos. Se volvieron sorprendidos, alguno sobresaltado: subido en lo alto de una peña cercana, fantasmagóricamente iluminado por las lenguas de luz que proyectaba el fuego, un hombretón de casi dos metros de altura, cubierto con capucha roja para denotar su diferencia sobre el resto, y armado con dos revólveres, uno en cada cadera, y dos ristras de munición que se cruzaban sobre el pecho, les contemplaba desde la altura, con los brazos en jarras.

—Maximino —susurró la mayoría, en una explosión contenida de admiración.

* * *

Maximino, efectivamente, el jefe supremo de la organización, permaneció durante unos segundos encaramado en lo alto de la peña, en silencio, cabeceando de un lado a otro, como asintiendo al rumor general de fascinación, también como olisqueando el aire en busca de algún desafecto. Luego echó sus manos adelante, y dos guerrilleros, perfectamente coordinados, uno a cada lado de la peña, le tomaron de los brazos y le ayudaron a bajar, cosa que hizo Maximino de un grácil salto y elevando un poco una de sus piernas, en gesto de encantadora coquetería. Ya en el suelo, se dirigió hacia un enorme tocón, donde hasta entonces no habían dejado sentarse a nadie; al cruzar entre los asistentes, éstos se apartaban en silenciosas oleadas a ambos lados, como debió de apartarse el Mar Rojo al paso del pueblo elegido.

—Estamos contigo, Maximino —susurró el del kalasnikov cuando el jefe pasó ante ellos.

—Maximino, qué grande eres —masculló otro guerrillero delante de él.

Al fin, Maximino llegó al tocón, y después de alzar la mano y practicar un leve y lento giro que abarcase a toda la concurrencia, tal que un torero en medio de la plaza recogiendo la ovación, la puso súbitamente en horizontal y la dejó caer lentamente hacia un costado. Era aquélla una señal de inequívoco significado, a la cual, con rumor sordo, se sentó todo el concurso en sus respectivos troncos y echaron la cabeza hacia delante, en muestra de expectación.

Maximino se subió al tocón y comenzó a hablar:

—Camaradas, compañeros, amigos: ¡viva la Dauguirria Sudoeste libre!

—¡Viva!

—¡Abajo el Estado que nos oprime! ¡Muera la Dauguirria Sur!

—¡Muera!

—Hace hoy diez años, camaradas, que comenzó nuestra lucha, diez años desde que despertamos a la realidad. Vivíamos entonces, como ahora, sometidos a los sureños, a los «cochinos», de tan subyugada manera que ni siquiera nos dábamos cuenta de nuestra cautividad. ¡De tal modo nos habían domeñado con su propaganda, con su retórica hueca, con su falacia de los no sé cuántos siglos de historia en común! Nos mostraban, para convencernos de que éramos de la misma calaña, a toda esa sarta de políticos, gobernadores, legisladores e incluso jefes del Ejército de la Dauguirria Sur naturales del Sudoeste. ¡Todos ellos unos vendidos, descastados, traidores, colaboracionistas! Tuvo que venir un hombre de verdad, como Ramón Yagüe, para abrirnos los ojos. Él fue quien nos mostró a los sureños del Oeste nuestra cultura propia y exuberante, nuestra particular idiosincrasia, él fue quien nos enseñó que formamos parte de una «realidad nacional», no ya distinta a la de los «cochinos», sino tan infinitamente superior que, durante toda la historia en común de la que tanto se vanaglorian, los sureños no han tenido más objetivo que machacar nuestra identidad, destruir nuestras tradiciones y pervertir nuestras costumbres. Además de talar nuestros bosques y beberse la leche de nuestras vacas, nada más que por joder. Por pura envidia de nuestra belleza y nuestra fuerza, frente a su raquitismo físico y mental producto de la cutrez. ¡Raza vil y podrida hasta el tuétano! ¡Chusma degenerada! ¡Putos cochinos, por su culpa me consume el odio!

—¡A mí también, Maximino! —exclamó una voz entre el público—. ¡A mí también!

«Y a mí», «y a mí», se apresuraron a secundarla desde todos los puntos.

—Sí, pero a mí más, que soy vuestro jefe —y Maximino colocó sus pulgares, en grandioso gesto, en las trabillas del pantalón.

—¡Qué hombre!, ¡qué carácter! —suspiró el del kalasnikov, movido por la admiración.

Cuando por fin se calmó el mediano revuelo y los aullidos que las palabras de Maximino habían provocado, éste, más comedido, continuó:

—Nunca, camaradas, nunca, podremos expresar en su justa medida el reconocimiento que Ramón Yagüe se merece. Él no sólo nos inculcó este sentimiento nacional que nos desborda; también rescató de la marginación en la que los habían arrumbado los sureños muchos de nuestros usos arcaicos y nuestras más acendradas tradiciones. Así, recuperó viejos deportes tan nuestros como el lanzamiento de dos martillos a la vez, el lanzamiento de troncos uno detrás de otro y el levantamiento de piedra entre quince y posterior lanzamiento, deportes todos ellos surgidos hace siglos, en la época de nuestra gloriosa resistencia a la invasión romana. Pero no se quedó Ramón Yagüe en la restitución de usos pintorescos, eso fue sólo el principio. A un nivel superior, resucitó industrias típicas de nuestro país que el imperialismo cochino, con la excusa del progreso, había arrinconado alevosamente hasta casi su total desaparición. En apenas dos años, hizo derribar las ominosas factorías industriales y los edificios de oficinas con que nos habían contaminado los sureños y, en su lugar, erigió naves dedicadas a la fabricación de encajes de bolillo, zuecos de madera y sombreros de paja en nuestro estilo tan castizo, el sureño occidental. Un estilo con el que, a poco tardar, nos abriremos paso en los mercados de todo el mundo y sentaremos las bases de una auténtica y genuina economía nacional. Y por último, pero más importante, recogió la joya de nuestro acervo, nuestro viejo idioma, que agonizaba en aldeas y entre cuadrillas de pastores, e hizo que se enseñara en colegios e institutos, a pequeños y mayores. Todo idioma es un tesoro, en eso coinciden hasta nuestros ancestrales enemigos, y merece el mayor de los respetos; precisamente por eso, porque la gente le tenga el debido respeto, obligamos a quienes pretendan ser llamados sureños del Oeste a aprender nuestra lengua, primero con admoniciones, después con la amenaza de reclusiones domiciliarias, más tarde instaurando sanciones económicas... Este año teníamos pensado introducir los latigazos de no ser porque aquí, mi

62

lugarteniente —Maximino tomó a uno de los guerrilleros del hombro y le obligó a salir de entre las sombras a la visión de todos— ha suspendido la tercera evaluación. Se extendió un rumor entre la concurrencia.

—Es que me ha cogido manía el profesor —balbució, con la cabeza baja, el lugarteniente.

Empezaron a surgir entonces gritos velados de «cochino», «imperialista», «sureño», hasta que, al fin, pues iban recrudeciéndose, el lugarteniente, en un acto reflejo, se echó la mano al interior de su chaqueta y extrajo una pistola. Maximino, en rápida acción, le tomó del brazo y consiguió detenerle.

—Bueno, bueno, camaradas, vamos a portarnos como personas civilizadas. Ya le hemos puesto un profesor particular al lugarteniente y todo volverá a su cauce en septiembre. Esperemos —y lanzó aquí a su subalterno una mirada esquinada.

—Sigamos ahora con la semblanza de Ramón Yagüe, nuestro héroe, porque estamos llegando a un momento crucial: el instante en que, una vez concienciado nuestro pueblo y reconstruida nuestra cultura, decidió seguir el camino de la lucha armada y fundó nuestro partido, que acabó tomando su nombre: Frente Armado Independentista Ramón Yagüe. No había, dijo entonces, otra forma de sacudirse el yugo de los opresores que dañarles en sus intereses, en sus haciendas y, por qué no, en sus vidas. «Por cada desprecio que nos hagan los sureños, un atraco a un banco; por cada libertad que nos nieguen, una extorsión a un empresario; por cada mala cara que nos pongan, un cajero reventado». Y dijo más Ramón: «Y para que veáis, compañeros —dijo—, que yo no tengo afán de protagonismo, me aparto del primer plano político

63

y sólo quiero para mí el humilde cargo de tesorero de la organización». Fue él en persona, Ramón Yagüe, quien nos enseñó a redactar las cartas a los sureños y a los occidentales tibios que todavía vivían entre nosotros y a los que por aquel entonces comenzamos a exigir dinero para financiar nuestra lucha. Con su impecable estilo, su inteligencia y su gusto literario, dio forma a aquellas cartas conminatorias que comenzaban con el ya clásico «es triste pedir» y concluían con aquello otro de «no es para vicio ni para drogas, sino para alcanzar la libertad de nuestra nación». Un llamamiento al cual todos los sureños occidentales de bien se sintieron obligados a responder. Ramón, pese a la humildad del cargo que había escogido, aún habría de intervenir en las cuestiones principales de nuestra organización; en especial, cuando las acciones armadas comenzaron a subir de grado y a cobrarse vidas humanas. Muchos, cierto es, dudaron entonces si seguir empuñando las metralletas, y aquí fue cuando nuestro hombre pronunció aquel discurso memorable de apertura de nuestra Tercera Asamblea: «Ahora —dijo— que estamos más cerca que nunca de lograr el triunfo, de alcanzar nuestros sueños, de hacernos con el control de nuestro destino, ¡con la Hacienda pública!, ahora es cuando hay que seguir, camaradas, seguir hasta el final, ¡venceremos!»

—¡Venceremos!

—Dos meses después —continuó Maximino—, pusimos la sarta de bombazos y obligamos con ello al Estado cochino a mostrar su verdadero rostro: mandó a su policía mercenaria en pos de nosotros, con el empeño de capturarnos y meternos entre rejas. Muchos, Ramón el primero, se vieron obligados a exiliarse, en el caso de nuestro héroe a Río de Janeiro. Allí tuvimos hace poco una entrevista con él, instándole a que volviera para seguir con la lucha, ahora que parece que estamos a punto de conseguir la victoria. «No, camaradas, no —nos dijo Ramón—, resistiré desde aquí, desde el duro exilio, lejos de mi amada patria. En caso de volver, a saber lo que podría hacerme la policía cochina, serían capaces incluso de encarcelarme. Prefiero esperar en este amargo refugio a que sobrevenga la independencia, a que os alcéis con el poder para retornar entonces y ocupar cualquier cargo modesto que queráis darme; por ejemplo, contratista de obras públicas o responsable de urbanismo... algo relacionado con la reconstrucción de mi pátria».

Los reunidos escuchaban, arrobados, el elogio de Yagüe.

—Pero os preguntaréis, seguramente, camaradas, a qué vienen estos recuerdos de nuestro inicio en la lucha, por qué estoy rememorando ahora las enseñanzas de nuestro fundador.

—Sí, sí, nos lo preguntamos —respondió el corro al unísono.

—Pues viene al caso, camaradas, a que en estos momentos, cuando a finales de esta semana, o la próxima a mucho tardar, vamos a firmar nuestra independencia, no conviene relajarse, sino antes bien redoblar el compromiso que nos liga y mantenernos unidos. Como sabréis, de unos meses acá ha surgido en nuestro territorio una abyecta facción, pues no merece otro nombre, un grupúsculo de villanos que se hace llamar «el Sudsuín», Sudsudoeste Independiente. Busca, nada menos, que la secesión de una parte de nuestro territorio, la que cae por ese lado. Aducen los canallas que durante largos

65

siglos han vivido sojuzgados por nosotros, los sureños del Oeste, que les hemos esquilmado sus riquezas naturales, pisoteado su cultura propia y asfixiado su idiosincrasia. Idiosincrasia dicen, como si alguna vez la hubieran tenido, como si supieran de hecho lo que significa esa palabra, o como si sus costumbres no fueran más que un puñado de rarezas y excentricidades perdidas, además, desde hace tiempo en el olvido. Llaman «deporte nacional» a su estúpida costumbre de atravesar a nado el río, en la época de crecidas, con un yunque sobre la cabeza, o a sus grotescas competiciones entre bueyes y amos por ver quién ara más en menos tiempo, si los bueyes o los amos. Hablan de «su idioma», como si éste fuera algo más que un dialectucho apenas conocido por cuatro montañeses. E incluso se permiten el lujo de mandar cartas de extorsión a nuestros nobles empresarios del bolillo y a nuestros principales productores del zueco. No hay que bajar la guardia, camaradas, tenemos que combatir, que exterminar al Sudsuín y a su ridículo cabecilla, Alfredo Gómez, que sólo por el nombre se echa de ver que no es precisamente autóctono, sino un simple arribista interesado. Esta reunión, amigos, compatriotas, no tiene otro fin que el de renovar nuestros votos de unidad, que el de hacer un llamamiento a la firmeza contra esos salvajes. Por eso hoy, con especial razón, en estos momentos históricos:

—¡Mueran los independentistas del Sudsudoeste! ¡Muera el Sudsuín!

—¡Muera!

—¡Viva la Dauguirria Sudoeste libre!

—¡Viva!

—¡Viva el Frente Armado Independentista Ramón Yagüe! ¡Viva el FAIRY!

—¡Viva!

—Ya os podéis ir a casa, compañeros —despidió entonces la reunión uno de los hombres de Maximino—. Pronto os pasaremos una circular con todo lo necesario para cuando seamos independientes. Seguramente, pero ya os lo confirmaremos, harán falta dos fotos de carnet.

* * *

Tras esto, la reunión nocturna se disgregó y los asistentes tomaron el camino de vuelta por el tortuoso sendero. La mayoría iba comentando entre sí las palabras de Maximino, o hablando, con tono de espanto, de las atrocidades de que podía ser capaz el Sudsuín. También los dos con los que se inició este relato se disponían a abandonar el claro del bosque cuando, de pronto, y sigilosamente, el lugarteniente de Maximino, aquel que había suspendido Lengua Autóctona, les tomó de los hombros.

—Venid conmigo, el jefe quiere veros.

Se miraron entre sí, algo asustados. Echaron a andar detrás del lugarteniente hasta un pequeño claro, donde Maximino, en toda su imponente figura, se encontraba de pie haciendo gárgaras para tonificar su garganta.

—Sentaos en esa peña.

Y ambos se sentaron al unísono en una roca, mientras Maximino escupía el buche y se secaba los labios con una pequeña toalla que le había alcanzado uno de sus hombres. Hecho esto, se dirigió hacia ellos y con magnífico y campechano gesto se sentó entre ambos, en la piedra.

—Bueno, bueno, aquí están, por fin —les dio sendas palmadas en las rodillas—: los dos catedráticos más eminentes de nuestra joven nación. No se os ha visto mucho por reuniones anteriores…

Los dos le miraron con expresión de terror.

—Tranquilos —se apresuró a serenarles Maximino—, no lo digo en tono de reproche. Es más, me alegra que os hayáis mantenido al margen de la lucha armada; de esta manera tenéis una visión, digamos, más neutra de la que puedan tener los guerrilleros exaltados. Y eso es lo que nos hace falta en estos momentos: claridad de ideas. Ha pasado el tiempo de la pasión y llega el tiempo de la frialdad. Porque un Estado, estaréis de acuerdo conmigo, se conquista con el corazón, incluso con las tripas, pero hay que construirlo con esto, con la cabeza.

—Ciertamente.

—Bien. Os voy a confesar una cosa: estoy bastante preocupado, más allá de los nervios típicos de antes de la independencia. Y estoy bastante preocupado porque he estado pensando sobre el futuro y he descubierto un factor que a Yagüe, pese a su inteligencia, se le pasó por alto.

—¿Es posible? —expresaron sus dudas los dos catedráticos a la vez.

—Sí, señores, es posible: el factor cercanía. O, lo que es lo mismo: podemos ser independientes respecto a la Dauguirria Sur, de acuerdo, pero no podemos dejar de ser vecinos. Castillejos del Sur y Castillejos del Sudoeste, nuestras dos ciudades fronterizas, es posible que acaben girando en dos órbitas sociopolíticas distintas, pero no por ello van a dejar de estar a diez minutos de distancia andando. Eso es algo inevitable. ¡Qué más quisiera yo que tomar a nuestro pueblo, nuestros campos, nuestros bosques, nuestros monumentos, nuestras costumbres, nuestras vacas, y llevarlo todo al otro lado del planeta, lo más lejos posible de los cochinos! Pero sería bastante complicado, me temo. Y sin embargo, algo hay que hacer al respecto, no podemos permanecer de brazos cruzados ante el peligro que supone la vecindad con los sureños. Y digo peligro porque cuando uno consigue la independencia es para que ésta sea definitiva, irreversible; si no, no sirve de nada. Imaginaos que, de aquí a unos años, o a unos siglos, las futuras generaciones de sureños y sureños occidentales llegan, por esas cosas de la vida, a congeniar, hurgando en la historia descubren que tienen un pasado común, que comparten también un clima y un paisaje, unos ríos y unas montañas, deciden entonces crear una asociación, de ahí un mercado común, luego una confederación y, al cabo de los años mil, como suele decirse, volvemos al principio. ¡Pues vaya mierda de independencia! Eso no podemos consentirlo, hay que evitarlo por todos los medios. Espero que estaréis de acuerdo conmigo —les lanzó Maximino entonces su peculiar mirar esquinado.

—Por supuesto.

—Me alegro. Como iba diciendo: le estuve dando vueltas al tema y, en un principio, la verdad, se me ocurrió la solución más drástica: levantar un muro. Pero deseché pronto la idea: algo hay en los muros, un no sé qué, tal vez su altura, que incita a saltarlos, y hubiera sido quizás peor el remedio que la enfermedad, la purga que la contaminación. Uno tiene tantas más ganas de juntarse con el del otro lado cuando hay una pared por medio. Pensé luego en las vallas electrificadas, en las zanjas, incluso en un enorme canal a modo de foso, pero ninguna de estas ideas me convenció. Al final, llegué a la conclusión de que no nos queda más que una medida: vivir de espaldas los unos a los otros, y no dejar que la gente, bajo ningún concepto, se dé la vuelta. Quiero decir: educar a los nuestros desde pequeños en el desprecio y en el desdén hacia los del otro lado, y confiar en que ellos harán lo mismo con sus jóvenes. Enseñarles a que tuerzan la mirada o la levanten al techo cada vez que se crucen con un sureño, hagan mohines de asco si acaso coinciden en alguna reunión, les abucheen en los teatros, les silben en los estadios y les dejen ahogarse en las piscinas. Y aquí es donde quiero que intervengáis vosotros, aquí es donde podéis jugar un papel fundamental para la causa: ambos sois catedráticos, es decir, trabajáis en la enseñanza, y sabéis de qué manera adaptar la Historia, componer la Geografía e incluso arreglar la Literatura para que no quede rastro de una pasada, y mucho menos de una futura, convivencia con los cochinos. Ésa será a partir de ahora vuestra labor; no hace falta deciros que podéis utilizar para ella los métodos pedagógicos que os parezcan bien, y no dudéis en recurrir a nosotros si necesitáis de armamento pesado. Educar al pueblo, ¿cabe más noble misión? A vosotros la confío, seguro de que no me defraudaréis. Venga ese abrazo.

Y Maximino, efectivamente, se levantó y tendió sus brazos para que en ellos se acurrucasen los dos principales catedráticos de la incipiente nación. Después de un largo rato en estrecho abrazo y de que Maximino repartiera besos por sus venerandas calvas, se soltaron de repente e intercambiaron entre sí el saludo del movimiento libertador, muy parecido al clásico militar y consistente en llevarse la mano extendida a la sien y hacer luego la seña de dúplex del mus.

—¡Fuerza y eficacia!

—¡Fuerza y eficacia!

—Que tengáis buen viaje de vuelta, camaradas.

En el camino de retorno, mientras cruzaban el tramo de sendero descarnado, de raíces atravesadas, guijarros sueltos y arenilla resbaladiza, donde a la ida se habían accidentado, la lechuza volvió a cantar, les pareció que a un palmo de ellos. El que marchaba detrás se sobresaltó.

—Deme usted la mano, don Demetrio.

Y de la mano iban ambos catedráticos cuando, de nuevo a un palmo de ellos, sonó un chasquido de ramas.

—¿Ha oído usted eso?

—Sí.

Permanecieron unos segundos en silencio. Cerca de ellos volvió a producirse otro chasquido.

—¿Y si fueran los del Sudsuín?

—¡Corra, don Timoteo, corra!

The original New York

A mediados del año intergaláctico *****, el médico me recomendó un cambio de aires. El clima sulfuroso y las emanaciones de amoniaco de Giovedi, tercer planeta de Alfa Centauro, en el que vivía, habían acabado por provocarme episodios de desorientación, confusión y vértigo, algo, esto último, especialmente peligroso en un oficio como el mío: instalador de toldos. «Le voy a dar a usted la baja —me dijo el médico— y le aconsejo que, durante un par de meses, se establezca en algún planeta de clima benigno, rico en oxígeno y donde pueda entretenerse con alguna excursión». «¿Me recomienda algún planeta en concreto?», le pregunté al doctor. «Bueno, pienso que la vieja Tierra no estaría mal».

Yo había oído hablar, ¿quién no?, del planeta Tierra, el tercero del Sistema Solar, también llamado «el Planeta Madre» porque de él, según nos enseñaron en la escuela, habían surgido los hombres allá en la noche de los tiempos. La Tierra siempre había conservado, por lo menos hasta hace unas décadas, un gran atractivo como destino turístico para quienes, además de lluvia y oxígeno, buscaban el componente cultural. Muchos eran, en efecto, los que hasta hace poco vacacionaban en la Tierra y aprovechaban su estancia para, como anunciaba la publicidad, «sentir la caricia del agua en el rostro», «deleitarse con un plato de carne o pescado, al modo de los primitivos», pero también para «visitar los viejos edificios de piedra de la época en que los hombres adoraban a los dioses». Sin embargo, y de un tiempo acá, los touroperadores habían cambiado su oferta al hilo de los gustos del público, que ahora prefería el turismo de aventura antes que el clásico, y había relegado los escenarios culturales por la naturaleza más exuberante. Vistos desde esta perspectiva, los pobres fiordos noruegos nada tenían que hacer frente a los 42 kilómetros, 42, de caída en vertical de los acantilados de Melusia; las cataratas del Iguazú (por nombrar los paisajes más famosos de la Tierra) eran apenas un chorro insípido de agua al lado de la gran cascada de quince colores y siete kilómetros de pared del cráter Sabora, en Matrim; y comparada con la jungla amarilla de Byonmar, de dos veces el tamaño de Júpiter, la vetusta selva de África era un parque arbolado, por más que en ella hubiera surgido la Humanidad. A la gente no le impactaban ya esos sentimentalismos y desde hacía, como digo, varias décadas, la Tierra había quedado como destino principalmente para mochileros, para el turismo de botellín de agua, zapatillas playeras, menú del día y regateo en las tiendas.

Pese a todo, no me disgustó la idea de trasladarme durante un par de meses al planeta originario. Junto a la natural curiosidad que, yo creo, siente todo ser humano por conocer el planeta de sus ancestros, se encontraba también el hecho de que mi segunda mujer había sido una «no emigrante», como se llama en tono peyorativo a quienes no han abandonado todavía el planeta azul para instalarse en las estrellas o lo han abandonado hace muy poco. Yo sé que en muchos planetas se les desprecia y sobre ellos se extiende el lugar común de que «ahora vienen, a mesa puesta, a comerse nuestro pan, con lo que nos ha costado —y es bien cierto— sacarlo del horno». Yo, sin embargo, salté en su día por encima de estos prejuicios y no dudé en enamorarme de mi hermosa «aria», de sus ojos, que todavía tenían color, de sus orejas a ambos lados de la cara, de sus exóticos pechos pares.

Aglaé se llamaba.

Era dulce, delicada, cálida y mullida, pero, pese a todo ello, sus pequeñas rarezas o, por mejor decir, sus excentricidades, como comer pan, usar ropa interior o jugar a la lotería, vestigios sin duda de su anticuada educación terrícola, acabaron por hacérmela desagradable y destruir nuestra relación. No obstante, en los cinco años que duró ésta, tanto me habló Aglaé sobre su planeta de origen que terminó por inocularme el deseo de visitarlo. Ya en nuestra luna de miel quisimos ir, pero —mala suerte— estaban haciendo justo entonces una limpieza general: rehabilitación de fachadas, fumigación de rincones, depuración de la atmósfera, reposición del agua en los ríos... todos andaban con mascarillas higiénicas, todo estaba cubierto de andamios, todas las sillas se habían colocado patas arriba sobre las mesas y estaba prohibido el acceso a los turistas mientras durase el zafarrancho. Después de esto, las obligaciones de mi trabajo, las del suyo, el nacimiento de los niños, en definitiva la vida, nos había impedido visitar la Tierra, y así hasta nuestro divorcio.

Convencido, pues, de pasar una temporada de reposo en la Tierra, me acerqué a una agencia BHD a contratar el viaje. Me decidí por el paquete América-Europa, de treinta días de duración; era el más caro y completo, porque, como bien me explicó la empleada: «La Tierra no se recorre en una semana (era lo que ofrecía el paquete más económico); nada más que para visitar Europa hacen falta, mínimo, diez días».

* * *

Aterrizamos en Cabo Kennedy, uno de los dos astropuertos del planeta, un recinto antiguo, por no decir vetusto, desfasado, incómodo y que a duras penas cumple los requisitos de seguridad. A la salida, una placa difícil de leer por lo desgastada y polvorienta anuncia a los recién llegados que desde aquel poco menos que chamizo partieron los primeros vuelos tripulados al espacio.

—Parece increíble, ¿verdad?

Una joven de cabello pajizo, aspecto rubicundo, mirada vivaz y amplia sonrisa se había acercado a nuestro grupo mientras estábamos entretenidos descifrando la placa. En la solapa de su uniforme color crema lucía el logotipo de la BHD, por lo que deduje que sería nuestra guía durante los días de estancia.

—Bienvenidos a la Tierra —dijo en tono ceremonial—. Mi nombre es Sybyl. Espero que disfruten de unas buenas vacaciones. Síganme, por favor.

Pese al tono de alegre bienvenida que quería dar a sus palabras, había en ellas un deje mecánico, supongo que inevitable tras años de servicio y cientos de grupos, que confería a la salutación cierta tristeza. Seguimos a Sybyl por un pasillo amplio hasta otra nave que realizaba el servicio de transporte local y en la cual, según nos informó nuestra amable guía mientras nos acomodábamos, íbamos a ser trasladados hasta la ciudad de Nueva York. New York. La terrícola, la original, la primera; no confundir con la New York de Júpiter o la New York de Aldebarán, por citar sólo algunas de las New York más importantes. En apenas media hora, nos informó Sybyl, estaríamos tomando tierra en el aeropuerto J. F. Kennedy.

—Ya, ya, adivino su pregunta —dijo Sybyl con un bien fingido aire juguetón—: ¿quién era ese tal Kennedy que dio nombre al astropuerto al que hemos llegado y al aeropuerto hacia el que nos dirigimos? —porque, en efecto, surcábamos ya la atmósfera terrícola—. Pues, según parece, este tal Kennedy fue el descubridor de América, el continente en el que nos encontramos. Esto acaeció entre el 1500 y el 2000, aproximadamente, de la Era Antigua, década arriba, década abajo. En aquellos tiempos remotos, el hombre todavía no había alcanzado, aunque estuviera tan cercana, la superficie de su único satélite; es más, en aquellos tiempos remotos el hombre ni siquiera conocía bien las dimensiones de su propio globo. Hay historiadores que sostienen que, por ignorar, el hombre de aquellos tiempos ignoraba incluso que habitaba en un globo y concebía su planeta como una superficie plana en torno a la cual giraban el Sol y las otras estrellas; pero esto, seguramente, son exageraciones de los historiadores. En todo caso, lo cierto es que, aunque parezca mentira, en la Era Antigua ni los que vivían en América sabían que existía Europa, ni los que vivían en Europa que existía América, pese a la corta distancia que los separaba. Hubo de ser este Kennedy quien, entre dichos años, fletara una expedición formada por *La Pinta*, *La Niña*, y el nombre del tercer barco se ha perdido, y, tras salir del puerto de «Palos» (así consta en algunos documentos, aunque hay estudiosos, como Jean Leblanc, que opinan que debe leerse «Burdeos»), arribó finalmente a las costas de Miami, cerca del astropuerto de su nombre. Una vez allí, venció a los ingleses que poblaban esas tierras, derrotó después a sus adversarios políticos del Partido Republicano en OK Corral y, cuando se encontraba en la cumbre de toda buena fortuna, de pronto falleció en extrañas circunstancias. O eso se creyó por aquel entonces, cuando unos opinaban que había sido víctima de una conspiración de corruptos y otros que le había abreviado su malvada esposa, Yoko Ono, figura mítica en que se personificaban todos los males. La realidad, sin embargo, fue mucho más prosaica. La realidad indubitable, según los documentos gráficos que manejan los historiadores, es que Kennedy murió en un accidente de automóvil.

Esto nos iba contando Sybyl, nuestra anfitriona en la Tierra, mientras nos aproximábamos al aeropuerto de New York, la original. Después de la anécdota histórica, pasó a hablarnos sobre las peculiaridades climatológicas, atmosféricas, hídricas y lumínicas del planeta, las precauciones de toda índole que debíamos tomar, y acabó con esta advertencia cuando ya la aeronave comenzaba a descender:

—En mi nombre, y en el de todo el personal de BHD, deseo que su estancia en la Tierra les sea grata. En beneficio de su seguridad, les recomendamos no salir de los espacios acotados e igualmente les pedimos que no arrojen desperdicios y no maltraten cosas o animales. Tengan en cuenta que en este planeta todavía hay gente que se sirve de ellos. Muchas gracias.

—¡Y aquí tienen el primer fenómeno terrestre! —nos anunció Sybyl al tiempo que nos desprendíamos de los cinturones y abría la puerta de la aeronave—. Aunque mejor sería decir «aéreo» —y asomados en pequeña confusión a la puerta que acababa de abrir, admiramos con un ¡oh! general el azul del cielo sobre nuestras cabezas, un azul dulce y calmo moteado aquí y allá por blancas estructuras esponjosas, y rasgado, donde se perfilaba el horizonte, por un leve resplandor rojizo. Estaba atardeciendo, nos informó Sybyl.

—Así que éste es el famoso azul de la Tierra —murmuró una señora de mediana edad situada junto a mí.

—¿Y esto es así en todo el planeta? —preguntó un señor de gesto severo al otro lado del corro.

—Pues sí —respondió Sybyl—, pero no siempre —se apresuró a matizar.

—Como no se explique usted mejor, señorita… —dijo con cierto tono irónico el señor severo.

—Hay veces —y nuestra guía señaló las superficies esponjosas que parecían estar deshilachándose en la altura lenta, muy lentamente— en que esas formas de allí arriba lo ocupan todo y el cielo se muestra blanco. Y otras veces, cuando esas formas, que no son sino vapor, vienen cargadas de mucha agua, entonces se muestran grises, y este fenómeno sucede poco antes de romper a llover. Y si vienen cargadas de agua en abundancia, el cielo en esos casos se tiñe de negro.

—¿Cuándo veremos llover, por cierto? —la interrumpió un hombre de cincuenta años a quien se apreciaba aventurero y amante de lo exótico.

—No le puedo decir. Quizás mañana, quizás pasado, o a lo peor no llueve ningún día durante su estancia en la Tierra. Eso es impredecible.

78

—Sin embargo —se rascó el mentón el hombre al otro lado del corro, siempre con gesto severo—, no decía eso en la publicidad de su compañía, señorita. En sus hologramas prometían lluvia y mal tiempo.

—Bueno, tengan un poco de tranquilidad. Esperemos que en estos días el tiempo empeore...

* * *

Nos condujeron en varios automóviles a nuestro hotel de alojamiento en Nueva York: el Waldorf Astoria, un establecimiento casi decrépito, destartalado, sucio, incómodo, deprimente... No obstante, nadie protestó demasiado por esta incidencia, ni siquiera el hombre severo. Si en algo coincidían todas las guías de viaje, era en considerar al Astoria, pese a lo cutre, como uno de los mejores hoteles que podían encontrarse en el planeta. Además de ello, recién llegados y al principio de unas vacaciones, veníamos dispuestos a verlo todo con los mejores ojos. En todo caso, si hubiéramos estado dispuestos a presentar alguna objeción, todas las incomodidades pasaron rápido a un segundo plano, porque al momento nos anunciaron que, «mesdames et messieurs, como decían los antiguos», podíamos pasar al comedor a degustar un gran menú «al estilo primitivo», es decir, carne (que era lo que todos veníamos buscando: en albóndigas para los más timoratos, un filete a la plancha para los más atrevidos), pescado (en concreto, dos sardinas asadas «a la suprema» para cada uno) y, de postre, una *delicatessen* de los viejos siglos, recuperada en exclusiva para el hotel Astoria y su selecta clientela: «un flan Dhul».

—¡No se coarten, están de vacaciones!, ¡tomen el pescado con las manos! —se paseaba Sybil entre las mesas—. ¡Observen, observen todos a esta mujer! —a la señalada se le subieron un tanto los colores—. Repita usted el gesto que ha hecho —la mujer lo repitió—. Eso se llama «chuperretearse un dedo» y era costumbre entre los hombres antiguos.

Todos los comensales nos lanzamos a chuperretearnos los dedos.

—Muy bien, muy bien —seguía animando Sybyl—. Perfecto. Cuando terminen, pueden llevarse la raspa de recuerdo—. Y a la pregunta de un comensal, contestó: —Sí, caballero, también pueden llevarse el recipiente del flan Dhul.

Acabada la cena, nos condujeron a un espacio llamado *bar,* donde nos fuimos sentando en diversos sillones y sofás diseminados por la sala. A la entrada nos habían obsequiado con sendos palillos de madera, gentileza de la compañía, cuya función era, según nos explicó Sybyl, hurgarse entre los dientes, como hacían en las épocas lejanas los potentados y la gente ilustre, para desprender de ellos los trozos de carne que hubieran quedado. Durante un buen rato nos entretuvimos en esta labor; entretanto, en una mesita delante de nosotros, nos servían un líquido oscuro y de olor acre al que llamaban *café*. «De achicoria, el mejor», nos informó Sybyl. Todos celebramos el brebaje.

Fue en ese momento, mientras estaba degustando el citado café, cuando reparé en el personaje que se sentaba a mi lado. Era un tipo joven, en torno a los veintitrés o veinticuatro años, de facciones angulosas, labios prietos, tez blanquecina, y parecía tener la mirada perdida en la distancia. No tanto, sin embargo, para que no advirtiera que me estaba fijando en él. Volvió la vista y me dirigió una sonrisa amable.

—¿Disfrutando del café? —me preguntó.

Yo había bajado la mirada, algo avergonzado de que me hubiera sorprendido escrutándole.

—Pues si le digo la verdad, y pese a todo —atenué un poco la voz para responder—, no me gusta nada.

Contuvo una risotada y, con un tono más franco, me preguntó por mi procedencia y si era la primera vez que visitaba la Tierra. Le respondí a todo ello y también le hablé de mi segunda esposa y de la simpatía que había despertado en mí por «el Planeta Madre». Él a su vez, en justa correspondencia, me informó de que provenía de Píctoris, de que se llamaba Dink-a-Louver y de que aquélla no era la primera vez que visitaba la Tierra, ni mucho menos. Era la quinta. En su primer viaje se había despedido del planeta con ganas de volver; en el segundo había caído enamorado de sus paisajes, sus gentes, su historia; en el tercero, el enamoramiento se convirtió en pasión; al cuarto viaje comprendió que, de ahí en adelante, su vida tenía que girar, indefectiblemente, en torno de ese pequeño planeta del Sistema Solar, y, más en concreto, de la ciudad donde nos hallábamos, la original New York. Y, en fin, allí estaba de nuevo, por quinta vez, en aquel planeta fascinante, maravilloso, único...

—No será por sus brebajes —bromeé.

Me guiñó entonces un ojo y me invitó, casi de forma subrepticia, a quedarme un rato en el bar «si de verdad quiere conocer los brebajes terrícolas». Entretanto, Sybyl estaba animando a los presentes a retirarse a sus habitaciones y entregarse al sueño, porque al día siguiente nos esperaba una dura jornada.

«Por la mañana recorreremos Canadá —decía el holograma—, con sus espléndidos paisajes naturales. Comida en Alaska, amenizada por unos buscadores de oro. Por la tarde, visita a Hollywood, donde asistiremos a la proyección de una película en celuloide (advertencia: actividad no recomendada para personas con problemas de corazón o propensas a la dispersión intelectual). Contemplaremos la puesta de sol desde el Gran Cañón del Colorado. Vuelta al hotel. Cena y descanso».

Intrigado por la invitación de Dink-a-Louver, hice como que, efectivamente, me retiraba a mi habitación con los demás, pero, en lugar de ello, aguardé en la penumbra de un pasillo a que la concurrencia fuera cerrando las puertas tras de sí. Después de unos minutos, cuando ya se había impuesto el silencio, retorné casi de puntillas al bar. Allí estaba Dink-a-Louver, aupado a un alto taburete y acodado en la barra. Me dirigió una amplia sonrisa al verme entrar.

—Siéntese, amigo —y me invitó con un gesto a que me aupara yo también a uno de esos taburetes. Me aupé, aunque, todo hay que decirlo, con no poco esfuerzo. En mitad de mi escalada, Dink-a-Louver había pedido un agua tónica al humanoide que nos servía. Le miré con gesto de extrañeza al alcanzar la cima.

—Déjeme a mí —disolvió mis recelos con una sonrisa cómplice.

Una vez que el sirviente trajo el agua tónica y la dejó encima de la barra, Dink-a-Louver esperó a que volviese la espalda, miró después en todas direcciones para cerciorarse de que nadie nos estaba observando, y entonces, con el mayor disimulo, extrajo del bolsillo de su overol un pequeño frasco tapado con rosca. Rápidamente procedió a desenroscarlo y vertió un generoso chorro sobre el vaso de agua tónica.

—Pruebe ahora.

Me llevé el vaso a los labios y dudé unos segundos. Además de por su historia y sus paisajes, la Tierra era famosa porque en ella pervivían aún algunos de los que se dio en llamar *delincuentes,* entre los cuales —cierta vez había leído en un artículo— existía un tipo que se dedicaba a narcotizar a sus víctimas para, una vez dormidas —no antes ni después, puntualizaba el autor del artículo—, despojarlas de sus pertenencias con la mayor impunidad. Dudé, como digo, pero había algo en el aspecto y el semblante de Dink-a-Louver que deshacía toda sombra de sospecha, así que bebí y, enseguida, me aturdió el paladar algo así como una vaharada ardiente, y me corrió por la garganta como una lengua de plomo.

—Eso que le he echado en su agua tónica se llama *ginebra* y sí, amigo, lo ha adivinado, se trata de alcohol, el tabú por excelencia, la sustancia maldita, aquello que, según nos enseñaron en la escuela, llevó a la especie humana casi a la extinción.

Yo dudaba entre la indignación y la sonrisa.

—Mucho mejor que la carne, no me lo negará.

Nos fuimos a sentar a un rincón del bar, bajo una luz tenue, frente a una mesa baja, y dimos orden al sirviente de que nos fuera surtiendo de agua tónica a medida que vaciáramos el vaso. Una vez así instalados, Dink-a-Louver comenzó a hablarme de sus circunstancias. Allá en su planeta era agente de seguros, un trabajo no muy cualificado, en verdad, pero ocurría que en Píctoris la competencia intelectual era muy alta; bastaba con dos años, como a él le había ocurrido, de molicie juvenil, de confusión adolescente, de vida desordenada, para que uno se viera apartado de la carrera por los altos cargos, los grandes sueldos, los puestos de nivel. Dink tampoco tenía, por otra parte, y si era honrado consigo mismo, la inteligencia necesaria para esa lucha. Relegado, pues, a la clase media e insustancial, había conservado, pese a todo, una inquietud innata y una curiosidad indisoluble que le llevaron, cierto día, a interesarse por la Tierra. Esa misma inquietud, una vez realizado el primer viaje, le llevó a leer y a visionar y a perseguir cualquier información sobre aquel viejo planeta. Su interés se había centrado en lo que la Paleontología denomina «la Edad del Petróleo», doscientos años de los tiempos remotos (entre 1900 y 2100, aproximadamente, del calendario gregoriano) que siguieron a «la Edad del Vapor». Unos tiempos en que la Nueva York original había alcanzado su máximo esplendor y llegó a considerarse la capital del planeta. Dink-a-Louver sentía que un extraño afecto le atraía hacia esa ciudad. Allá en Píctoris, los fines de semana que libraba, el tiempo de ocio del que disponía, los momentos perdidos que conseguía arrebañar, todos ellos los dedicaba a recordar su último viaje a Nueva York, la original, y a fantasear sobre el próximo. El plan, desde la tercera visita, era el siguiente: llegar a la Tierra por medio de un viaje organizado, mucho más barato y práctico, y, una vez bajo el cielo azul, separarse del grupo, reservar de manera individual una habitación en el Waldorf Astoria y, por más incómodo que fuera el alojamiento, permanecer allí por libre los treinta días preceptivos hasta volver a unirse al grupo en el astropuerto de Cabo Kennedy y retornar de este modo a su planeta. Entretanto, visitaba a su gusto Nueva York, la original, por los caminos trazados y por

84

los que no, los lugares recomendados y los que no tanto, hablaba con los residentes autorizados pero también con los que carecían de credencial, sobre los temas señalados como interesantes pero también sobre otros muy opuestos, incluso sobre fruslerías. Se lanzaba, en fin, a la aventura y se abandonaba al azar del viaje, mientras en su proyecto de vida, poco a poco, iba tomando forma un sueño:

—Quizás un día —me dijo; íbamos ya por la quinta agua tónica— me instale aquí, en estas tierras salvajes. ¿Por qué no? —y se removió en la silla lleno de vitalidad.

Comenzamos nuestra sexta agua tónica y, no sé en qué momento exacto ni por qué razón, nuestra conversación derivó hacia la amistad, es decir, hacia la proclamación universal de nuestro afecto y lo buen tipo, decía yo, que era él, y lo buen tipo, decía él, que era yo, y el compañerismo eterno e inviolable que nos unía. Entonces el sirviente nos avisó de que iban a cerrar y subimos a nuestras habitaciones de manera un tanto elíptica; en el rellano que las separaba, nos dimos un fuerte abrazo «como amigos inseparables».

* * *

A la mañana siguiente, cuando abrí los ojos, alarmado por la claridad que inundaba el cuarto, pedí a recepción que me proyectasen la hora local: eran nada menos que las 11:08. Sobresaltado, salí de la cápsula de letargo y pedí al sirviente que me vistiera más que deprisa; pero, cuando llegué al vestíbulo del Astoria, me di de bruces con la realidad: mis compañeros de viaje ya se habían marchado a la excursión, a Canadá, a Hollywood, y no recordaba el otro sitio. En su lugar, me encontré a Dink-a-Louver sentado en el hall del hotel con una exuberante sonrisa.

—Ya me he enterado de lo que le ha ocurrido. Para no enterarse: todo el mundo aporreando su puerta. Le han esperado cuanto era posible, doy fe de ello. Al final, siento que se haya perdido la excursión, pero, por si le sirve de consuelo, le aseguro que no era para tanto. Estoy seguro de que hoy, si me acompaña, se lo pasará mejor que con el grupo, aunque les caigan, como decían antiguamente, chuzos de punta. Para empezar, le invito a desayunar.

Acepté la invitación, aunque con cierta reticencia, porque advertía que Dink-a-Louver, en el fondo, se alegraba de mi desdicha, en la cual él había tenido buena parte de culpa. Si no me hubiera entretenido la noche anterior con sus brebajes, habría llegado puntual a la excursión. Aunque también era posible que me hubiese afectado el *jet-lag,* que al parecer afecta a quienes se trasladan de un planeta a otro a más de mil años luz. En todo caso, me dolía mucho la cabeza.

Entramos en el comedor y, solos los dos, Dink-a-Louver me obsequió, entre otros manjares exóticos, con uno que me llamó especialmente la atención: una superficie de albúmina plana y de forma irregular, de color blanco salvo en su centro, donde albergaba una especie de cápsula de color amarillo que contenía un nutriente espeso y de sabor insípido. No recuerdo el nombre de aquel manjar, pero había de ser, sin duda, uno de los alimentos más modernos que consiguieron elaborar los habitantes de la Tierra. Después de haber acabado con él, salimos a la calle.

Hacía un día cálido y luminoso. Apenas salir del Astoria, y siempre bajo la guía de Dink-a-Louver, cruzamos la avenida y seguimos por la calle 50, en dirección oeste. Íbamos respirando a pleno pulmón —«abra, abra la caja torácica», me insistía mi compañero— el olor «a eucalipto, pino, lavanda, tomillo», y la infinidad de arbustos que poblaban las calles. Enseguida llegamos ante un edificio blanco, ciertamente curioso, lleno de adornos, ángulos, rebordes, estatuas encaramadas a sus cornisas, una enorme cristalera circular en medio y dos torrecillas a sus lados que parecían estar derritiéndose al sol, como velas de cera. Aquello, pronto lo inferí, era uno de los lugares que los terrestres habían dedicado a la adoración de sus dioses. El edificio se denominaba catedral, «catedral de San Patricio», y, según me explicó Dink-a-Louver, fue construido por los emigrantes irlandeses bajo la atenta mirada del obispo, que les vigilaba para que no bebiesen más alcohol de la cuenta. «Sin embargo, no debieron de hacerle mucho caso: ¿ve usted esa estatua en la acera de enfrente? —y miré y enfrente había, efectivamente, la estatua de un hombre fornido con varios círculos enormes de hierro sobre sus espaldas—; la hicieron en homenaje —me explicó Dink-a-Louver— al hombre que les traía los barriles de cerveza; antiguamente, suponen los estudiosos, llevaba a su espalda un enorme tonel, pero la intemperie ha podrido la madera y sólo quedan los aros. Sigamos».

Continuamos por la calle 50 hacia el este, atravesando «lo que en tiempos fuera el Rockefeller Center». Pasamos junto a huertos, tierras en barbecho, paisanos que ofrecían «higos, tomates, melocotones» (así me dijo Dink que se llamaban) y otros frutos de su terruño en pequeños cestos sobre la acera. Saludamos con un somero «buenos días» a los ancianos sentados en sillas de enea a la puerta de sus rascacielos. Cruzamos junto a entradas de túneles cegadas, restos, siempre según Dink, del antiguo transporte urbano de la ciudad (algunas de las viejas estructuras se aprovechaban «para guardar aperos, grano, maíz, etcétera»). De este modo llegamos a la esquina con Broadway, la calle que recorre de norte a sur toda la isla de Manhattan, en la que nos hallábamos. Una vez en el cruce, torcimos hacia el sur y nos adentramos, me informó Dink, en el distrito de los teatros.

Broadway abajo, la avenida corría desértica; tanto era así que, un centenar de metros por delante de nosotros, un conejo cruzó a pequeños saltos la calzada.

—Si cierra usted los ojos —me dijo Dink—, no le será difícil imaginar esta avenida, ahora vacía, llena de personas que van a los teatros y vuelven de ellos. Cierre los ojos, hágame el favor, imagine que está anocheciendo. Que las aceras bullen de gente, de personas que caminan prácticamente hombro con hombro; algunos, para eludir el ajetreo, descienden hasta el asfalto; y al final todos quedan agolpados ante el semáforo imponente: *Don't walk*. Caballeros con gabardina, mujeres arrebujadas en su abrigo, corbatas, cuero, gorras... De todo el grupo se desprende una espesa vaharada. Cerca de aquí, en el patio de butacas de un teatro, un tropel similar al de la calle parece hervir en un murmullo creciente hasta que, de pronto, se atenúan las luces, suena un timbre, se expande el silencio. Luego, la oscuridad y, con una ampulosa nota, se descorre el telón...

Sumergidos —Dink sobre todo— en esta ensoñación, seguimos descendiendo un buen trecho por Broadway hasta llegar a Times Square.

—Imagine ahora que es de noche, amigo. Imagine que ha llovido. Cierre los ojos: sobre el asfalto mojado —entonces toda la calzada era de tierra— se entremezclan las luces blancas de las farolas y las luces de color de los anuncios...

88

Dink, con los ojos entrecerrados, se volvió hacia uno de los lados del triángulo, donde se erguía un edificio de baja altura y fachada despejada, salvo por unos manchurrones de humedad.

—Todo este frente lo ocupa un inmenso letrero luminoso. Los carteles de las películas, los anuncios publicitarios, los paneles de información se superponen unos sobre otros. Rojo, amarillo, azul, verde, y la gente, siempre la gente, en riadas, se apelotona debajo de las marquesinas. Algunos comen mientras caminan, otros esperan, otros miran. Todos actúan. Por la calle 42, un poco más abajo, se suceden las mujeres románticas. En el fondo de aquellos callejones, erizados de escaleras de incendios, mueren tiroteados los soplones. Y en esa esquina puedo imaginar la figura de un *homeless* envuelto en harapos, un indigente víctima de esta jungla que, sentado en el suelo, las rodillas abrazadas y la cabeza entre ellas, ha garrapateado ante sí un cartón sobre el que apenas si han caído cuatro monedas.

Cruzábamos ya la 36 y, ante nosotros, a la izquierda, despuntaba la rectilínea, inacabable progresión en vertical de un edificio: «el Empire State, el rascacielos por excelencia». 102 pisos, 443 metros, en su cima amarraban globos aerostáticos llenos de pasajeros y, en cierta ocasión, «hay pruebas gráficas», se colgó de ella un enorme gorila.

—Todo el edificio —me explicaba Dink desde la base— es un monumento al trabajo, al esfuerzo colectivo. Imagine de nuevo: una estructura metálica sobre cuyas vigas desnudas se afanan los obreros, a cien metros del suelo; chisporrotean los soldadores, se oye el golpear de martillos aquí y allá, en una sinfonía constante;

piezas de metal y travesaños de madera ascienden en el aire, colgados de cadenas. No muy lejos de aquí, en el Madison Square Garden, ante un público enfervorizado, dos individuos desnudos se juegan su destino a puñetazos. El público ruge, suena la campana, ambos se retiran a su banqueta a tomar aliento, las apuestas crecen a favor de uno y de otro...

Acertó a pasar por allí un carro tirado por dos mulas. Su conductor nos informó de que se dirigía a Downtown, la ciudad baja, y se avino a transportarnos durante un trecho en la caja, cargada de heno. De este modo fuimos descendiendo por la Quinta Avenida, mientras Dink me hablaba del tráfico, de los taxis amarillos de la Yellow Cab Co., de los frenazos bruscos, los pitidos, los mensajeros en bicicleta que iban eludiendo automóviles. Al final de la avenida, Washington Square. Nos bajamos del carro, le dimos al cochero la propina preceptiva y sacudimos de nuestro overol las briznas de paja. Todo el espacio de la plaza estaba desierto, o casi: en un rincón, bajo un frondoso árbol, dos niñas terrícolas jugaban a la rayuela. Contagiado por el entusiasmo de Dink-a-Louver, pude ver, como en un fogonazo, toda aquella plaza atestada de gente: gente que caminaba con paso lento, que llevaba de la correa a su perro, que cruzaba patinando...

—Gente —me describía Dink— que solía sentarse en estas breves escalinatas en el centro de la plaza, en torno a esa fuente de la que está usted bebiendo; le digo más: eran muchos los que, llevados por el calor, solían meter los pies sudados en ella.

Bajábamos por la calle MacDougal, internándonos en el antiguo «barrio latino» de Nueva York. «Por estas calles, entre verjas, farolas y balcones de hierro fundido,

90

vagaban antaño, hambrientos, poetas y escritores, sin más dinero en el bolsillo que el pago de su último artículo, regalando talento generosamente a cambio de una frugal comida al fondo del restaurante». Era lugar de cabarés sórdidos, de bares clandestinos, *speakeasies*, en una época en que estaba prohibido el alcohol; «el cargamento se introducía nocturna y subrepticiamente por la puerta de atrás, y se consumía compulsivamente antes de que, a golpe de silbato, las puertas se abrieran con brusquedad y un tropel de policías, porra en mano, irrumpiera en el local y arramplara con todos los presentes, incluidas las coristas, hacia comisaría». Por MacDougal desembocamos en la calle Houston, «abajo, al sur, en el South Houston, los pintores, escultores, fotógrafos, parientes de esa antigua prole de poetas hambrientos que vagaba por el Village, han triunfado y en sus *lofts* se agolpa, entre champán y cocaína, el ambiente más selecto, la gente más elegante, los compradores con más dinero, los terrícolas más *cool*».

A buen paso recorrimos Houston y torcimos, de nuevo hacia el sur, por la calle Mulberry. La racional cuadrícula de Manhattan se había desordenado ya por completo y hacía tiempo que las calles, en lugar de con números orientativos, se denominaban con nombres surgidos, y deformados, al hilo de la vida. Nos hallábamos en el Lower East Side, el extenso barrio «donde inmigrantes alemanes, polacos, rusos, italianos, irlandeses, españoles, chinos, judíos, hindúes, y de mil nacionalidades más, recién desembarcados del barco, iban instalándose en oscuras habitaciones y desde allí comenzaban a luchar por la vida. Un escenario de miseria y de esperanzas, de sordidez y de triunfo, de solidaridad y de crimen. Unas

91

tablas sobre las que se desarrollaba —suspiró Dink— toda la violenta poesía de los hombres».

Atravesamos Little Italy y por Mulberry llegamos al parque donde antaño se levantaba, «mejor sería decir se gangrenaba», Five Points, el más inmundo barrio de chabolas que conoció New York y del que surgieron los gangs. Al otro lado, Chinatown, calles tortuosas, «llenas de oscuridades y misterios»; Park Row, con el ensueño de los pilluelos vendedores de periódicos, la cabeza casi cubierta por una enorme gorra, voceando los titulares; alcanzamos a ver también las ruinas del puente de Brooklyn...

El distrito financiero, allá donde Manhattan se va estrechando hacia su extremo sur, era antiguamente, me informó Dink, si no el lugar más concurrido de la ciudad, sí el que mostraba mayor actividad. También en aquellos días ocurría así. Bajamos por Nassau, atravesamos Maiden Lane, llegamos a Wall Street. Varios cientos de personas pululaban entonces por las calles, en apariencia bastante atareadas: trajes oscuros, carteras en las manos, el teléfono móvil en la oreja... Además, claro está, del paso rápido y las palabras restallantes. Sucedía, sin embargo, que estaba cerca la hora de comer; ya se expandían los pesados olores a guiso, a pasta recién sacada del horno, a aceite hirviendo. Por las ventanas de los edificios próximos comenzaron a asomar cabezas —«¡Paul!, ¡Bob!, ¡Peter!»—, que llamaban a los atareados hombres de allí abajo. «¡Venga! ¡A comer!» «Un momento, que cierre este negocio», protestaban los *financial brokers*. «Ya lo acabarás por la tarde. ¡Vamos, que se enfría la comida!»

También a nosotros comenzó a punzarnos el hambre, y el cansancio, y decidimos acercarnos hacia el mar, que borboteaba al fondo de la calle, y tomar algo de un puesto callejero. Nos sentamos en las escaleras del muelle 17 para descansar de la larga caminata, con un perrito caliente cada uno entre las manos. «No tema, es carne. Todo grasa y calorías». Aprovechando aquellos momentos de respiro, Dink-a-Louver me expuso sus verdaderas intenciones:

—Como habrá visto, amigo, la evocación de estos tiempos antiguos y de esta vieja ciudad es suficiente para llenar una vida. Pero también le digo: es muy duro estar solo. Yo necesito un compañero, un camarada, con el que intercambiar impresiones, correr aventuras, superar problemas, resultar triunfantes... Yo no creo en el crecimiento ascético e individual; lo que uno pueda aprender y vivir no sirve de nada si no tiene con quien compartirlo. «Busca en ti todas las respuestas», dicen nuestros modernos filósofos, y quizás sea posible y tal vez sea cierto, pero indudablemente es aburrido.

Así las cosas, me propuso matrimonio.

—A mí me hace falta un cómplice para vivir y, bueno, había pensado en usted. Sí, ya sé que dirá que por qué, si tanto me fascina este planeta, no me busco a algún compañero de aquí, pero, aparte de que esta gente siempre ha sido muy reacia a lo extraterrestre, tienen un interés tan escaso por su historia pasada y por esta Edad del Petróleo como el que pueda tener un habitante de la galaxia Curisano, al otro lado del universo.

Se sentía, en suma, como un pájaro encerrado en una jaula. Si yo quisiera unirme a él, me aseguraba divertidas correrías, un fácil pasar, pues allá en la Tierra todo era más barato y asequible, un clima amable, buenos alimentos, líquidos de unas propiedades que no podía ni imaginar y, desde luego, toda su admiración y su respeto.

Acabada la comida, todavía descendimos un poco más, hasta Battery Park, de donde partían los *ferry boats* para Staten Island y desde donde se divisaba la estatua de la Libertad y la isla de Ellis. Apoyados en el pretil, le respondí entonces lo que pensaba, y que no era sino lo que a mí, y a él también, nos enseñaron ya en el primer curso de Comportamiento Elemental: que sentir nostalgia por los tiempos pasados, y mucho más por los que no se han conocido, es absurdo y llega a rozar lo enfermizo. Que hay que mirar siempre hacia delante y evitar las ideas, los valores y las conductas inamovibles, que no son sino una rémora para una posible evolución. Por eso hacía mal, le dije, ya no sólo en sentirse apasionado por la Historia Antigua, sino en el mismo hecho de tener una pasión. En definitiva, concluí, no podía aceptar su ofrecimiento. Lo que de verdad me interesaba era retomar el hilo de mi viaje, integrarme en las excursiones y amortizar el dinero que había invertido en el viaje, no perderme en evocaciones caprichosas del pasado.

Creía haber hablado claro.

Justo entonces acertó a pasar por allí el viejo carro tirado por las mulas y el cochero que nos había transportado Quinta Avenida abajo. De nuevo, por una propina, accedió a devolvernos al Midtown, que le pillaba de camino. Subimos por Water Street, Saint James Place, Bowery hasta Astor Place y Union Square, y desde allí Park Avenue adelante. Marchábamos sentados en silencio, contra las balas de paja de que rebosaba el carro en su viaje de vuelta. El cochero —no recuerdo el nombre— iba saludando con un leve toque en el sombrero a aquellos con los que se cruzaba, quienes le saludaban a su vez con un alegre agitar de la mano o con un conciso levantamiento de barbilla.

—Aquí, en Nueva York, nos conocemos todos.

De este modo llegamos al Waldorf Astoria y yo subí a mi habitación —Dink-a-Louver volvió a la calle, imagino que a seguir convocando fantasmas—. Allí aguardé a que regresaran mis compañeros de viaje. Cuando al fin se presentaron, para la hora de cenar, les pedí públicas disculpas por el incidente de la mañana y les prometí que, de ahí en adelante, sería puntual. Aceptadas las disculpas, pasamos al comedor a degustar la carne, esta vez en forma de hamburguesas, que, en atención a su selecta clientela, el cocinero del Astoria nos había preparado. Luego, como la noche anterior, nos invitaron a pasar al bar, invitación que yo decliné por el apuro que me daba encontrarme allí con Dink-a-Louver. Aunque no debía de haber vuelto de su salida; al menos, yo no le vi sentado en su taburete cuando pasé frente a la puerta del bar.

* * *

Al día siguiente, bien descansado, disfruté de la excursión a Florida, donde fuimos atacados por un caimán y estuvimos después media hora, por turnos, tumbados al sol. Fuimos luego a Nueva Orleáns, donde nos atacó de nuevo otro caimán; y, cuando la cosa comenzaba a resultar monótona, a Las Vegas, donde jugamos al póquer (¡apuesto mi resto a que lo he escrito bien!) mientras merendábamos un chocolate con picatostes. Por la noche, agradable paseo por Connecticut.

Otro día viajamos a México, donde comimos carne con chiles y disfrutamos de la impagable experiencia que supone un lavado de estómago. Después Cuba, que no pudimos ver porque estaba en obras, y de ahí al Cono Sur americano: el Amazonas; el Pachu Michu, o Muchi Pachu, ya no recuerdo; Brasilia, con sus calles laberínticas; Buenos Aires y la Pampa, donde al fin nos llovió. De ahí pasamos a Europa y nos alojamos en Buckingham, un establecimiento, al fin, medianamente cómodo. Visitamos las principales ciudades de aquel continente: Londres; París; Berlín; Atenas, la Ciudad Esencial; Roma, la Ciudad Eterna; Villacañas, la capital del mueble...

—¡Qué bien nos lo hemos pasado! —sentenció Sybyl al tiempo de finalizar nuestra gira.

En Cabo Kennedy, el astropuerto, cuando íbamos a subir a la nave que nos transportaría a nuestros respectivos planetas, vi fugazmente a Dink-a-Louver. Estaba aún más pálido, aún más flaco y con la mirada, si cabe, aún más perdida. Se acomodó tres compartimentos más allá del mío.

No crucé palabra con él, ni él vino a saludarme, ni yo me acerqué a despedirle siquiera cuando anunciaron la llegada a Píctoris.

Han pasado desde entonces, quizás, veinte años. Nunca he vuelto a visitar la Tierra. Alguna vez me pregunto si Dink-a-Louver llegó a instalarse finalmente en Nueva York y qué fue de él.

La exploración de Marte

Nave espacial Argos, *en misión de exploración Mars 31.*
47 días desde el lanzamiento. 14 de febrero de 2171.
Conexión con base en Tierra.
Habla el astronauta John Stewart [fragmento]:

...Una vez solventado el informe técnico, me gustaría volver sobre el principal peligro que, a mi juicio, amenaza al éxito de esta misión y que no es otro que mi compañero, el cosmonauta Grigoriev. Digo «compañero» por entendernos, porque, durante este mes y medio que llevamos de singladura espacial, la compañía de Grigoriev se me ha ido haciendo cada vez más odiosa, y está claro que el sentimiento es mutuo. A día de hoy, dormimos en compartimentos separados y apenas si nos damos los buenos días cuando pasamos, uno a un palmo del otro, flotando por la nave.

Todo empezó nada más salir de la atmósfera terrestre, cuando todavía no habían acabado de aplaudir en Houston. Nos habíamos desabrochado los cinturones e ingravitábamos ya por la cápsula cuando Grigoriev dijo que encontraba la nave un tanto estrecha, «excesivamente estrecha, dadas las circunstancias», y enfatizó lo de «circunstancias»; dijo luego que esperaba que, en el centro espacial, hubieran calculado bien el peso que «arrastraba» la nave porque existía el riesgo, y otra vez dijo lo de «dadas las circunstancias», de que marcháramos a velocidad reducida y se agotara el combustible. Yo entiendo que debería haber aguantado más, por el buen fin de la misión, pero apenas llevábamos 25.000 kilómetros de viaje cuando no tuve más remedio que responder a las indirectas del cosmonauta. «¿¿Me está usted llamando gordo, Grigoriev?». «Noooo», respondió con cinismo, haciéndose el sorprendido.

Desde aquel día, desde aquel momento exacto, comenzó a pervertirse nuestra relación, por más que intentáramos mantenerla en un plano estrictamente profesional. Pero eso resulta imposible con alguien como Grigoriev, un tipejo, por qué no hablar claro, al que sabe Dios dónde le habrán educado, de qué oscura academia aeroespacial habrá salido. Es un ejemplar de chusma que no tiene la menor urbanidad, ni sabe siquiera lo que significa la palabra «modales». El otro día, por ejemplo, andaba yo ejecutando mi comida diaria, iba flotando por la cápsula espacial con la boca abierta en pos de un brócoli que, en ausencia de gravedad, giraba apetitosamente sobre sí mismo, cuando, al capturar por fin el bocado y engullirlo, noto de pronto que con la verdura estoy tragando algo duro y como cartilaginoso. Al mirar abajo, encuentro a Grigoriev sentado —atado— a uno de los sillones, con las tijeras en la mano y descalzo de una bota. «¡Pero, hombre de Dios —le dije—, váyase usted a hacer la pedicura a otro sitio, que estoy comiendo!» «Es que me crecen las uñas muy rápido —respondió—, y si no me las corto pronto, se me encarnan».

Y todo así. Esta mañana, sin ir más lejos, he tenido otra discusión con él, también a propósito de la higiene y también de nuevo a causa de los pies. Resulta que este sujeto, pues no es posible llamarle de otra manera, este espécimen que parece haberse criado en una cuadra, ha tomado la costumbre de, cuando se va a dormir, meter los calcetines en una escafandra para que no queden por ahí flotando. La medida resultaría incluso pulcra si Grigoriev los metiera dentro de *su* escafandra, pero no. Finalmente, no he tenido más remedio que señalarle, con franqueza, que desapruebo su conducta, a lo que se ha limitado a mirarme con cara de extrañeza.

Por todo ello, la convivencia con él resulta cada vez más difícil y dudo mucho de que, en estas condiciones, de nuestro mutuo trabajo pueda resultar algún beneficio científico. Espero que toméis medidas a este respecto y le llaméis al orden. Fin de la conexión.

* * *

Nave espacial Argos, *en misión de exploración Mars 31.*
50 días desde el lanzamiento. 17 de febrero de 2171.
Conexión con base en Tierra.
Habla el cosmonauta Igor Grigoriev [fragmento]:

...Y hasta aquí el informe técnico. Antes de despedirme, sin embargo, quisiera comentaros algo sobre mi compañero, Stewart. Sé que me está criticando por la espalda, pero, como decía mi abuelo, «no está bien murmurar de los demás cuando están ausentes. Y mucho menos cuando están presentes». El caso es que me duelen estos chismes, sobre todo porque Stewart tendría que ser el primero en reconsiderar su actitud.

Para empezar, tiene un exacerbado complejo de superioridad que le hace creerse mejor que sus semejantes y que le lleva a mirar a todo el mundo por encima del hombro. Dicen que cuando uno se enfrenta a la inmensidad del cosmos, cuando se encuentra a solas en medio del silencio, el vacío y la infinitud del espacio, se da cuenta de su pequeñez, de su insignificancia y de su contingencia. Con Stewart, sin embargo, ha pasado justo lo contrario: ha sido abandonar la Tierra y crecer su egolatría. De pronto, se considera el centro del universo, el tema de todas las conversaciones, la persona en la que están fijados todos los ojos... y bueno, sí, eso es verdad en este caso, pero no le da derecho a estar hablando continuamente, con voz linajuda, sobre lo rancio de su familia, sobre cómo la rama de los Stewart de la que procede se cuenta entre los más viejos *wasp* de Estados Unidos, de cómo entre ellos han abundado los magistrados del Tribunal Supremo, congresistas y senadores, y de cómo él y todos sus hermanos, sus primos primeros y segundos, toda la rama Stewart, en resumen, ha estudiado en universidades de la Ivy League. De a qué extremo llega su fatuidad tuve constancia el otro día: estábamos mirando por uno de los ventanucos de la nave la esfera azul, que cada vez iba quedando más lejana, cuando, de pronto, me arrobó la poesía, lo confieso, y exclamé: «Ah, qué bonito es nuestro planeta, ¿verdad, Stewart?», y él contestó con voz grave: «Bueno, yo creo que está un poco sobrevalorado».

Estoy seguro de que estas ínfulas de grandeza son, en el fondo, la sublimación de un complejo de inferioridad, que a su vez es producto de una frustración interna que le corroe… y así infinitamente, en capas cada vez más profundas. ¡Es un auténtico catálogo de traumas, deseos reprimidos y pasiones oscuras este Stewart!, ¡una auténtica personalidad trastornada! De otra forma no se explica el episodio que voy a contar a continuación. Sucedió hace dos tardes: estábamos un tanto aburridos, a decir verdad, en el interior de la nave, y le propuse a mi compañero salir a dar un paseo por el espacio, para estirar las piernas. «Verá cómo nos sentimos más ligeros», dije; y se apresuró a responder: «¿Me está llamando gordo, Grigoriev?» «No, por Dios —negué—, sólo sugiero que si no hacemos un poco de ejercicio…» y me callé en este punto, porque sentí su mirada inyectada en furia, la mirada de un susceptible patológico, clavada en mí. Salí, pues, yo solo al exterior, y estaba rodeando tan tranquilo la nave cuando de pronto, a través de un ojo de buey, veo que, en el interior, Stewart está devorando de manera compulsiva, casi sin quitar los envoltorios, cuanta barrita energética y alimento concentrado encuentra a mano. Veo luego cómo, con la boca llena de fécula y gluten, corre al baño, se mete los dedos y comienza a vomitar.

Éste es Stewart, Houston, el tipo que va de científico equilibrado y responsable y que aprovecha cualquier ocasión para ponerme verde. Yo creo que, en el fondo, todo es producto de la envidia, ¿qué si no? Fin de la conexión.

* * *

Nave espacial Argos, *en misión de exploración Mars 31. 65 días desde el lanzamiento. 4 de marzo de 2171.*

Conexión con base en Tierra.
Habla el astronauta John Stewart [fragmento]:

...Dicho lo cual, y todo lo referente a la navegación en orden, me gustaría haceros, desde aquí, una pequeña observación. Ya sé que las pruebas que se hacen para viajar al espacio, y mucho más en una misión como ésta, son duras: pruebas físicas, de resistencia, matemáticas, mecánicas, psicológicas... Sólo los que están muy preparados acceden a una misión como la Mars. Cualquier mínimo defecto físico, cualquier problema de salud, inclusive una caries, o el hecho de no tener una visión perfecta, de 20/20, imposibilitan para subir a bordo de una nave rumbo al espacio exterior. Pues bien, estando de acuerdo con todo esto, pienso, sin embargo, que se debería añadir otro requisito a cumplir para ser astronauta, y es el de no sufrir de alopecia. Fundamental. Digo esto porque Grigoriev la padece y no os podéis imaginar cómo deja el desagüe cada vez que se ducha: lleno de pelos. Y por si fuera poco el despelucharse, encima sale de la ducha empapado, descalzo, con nada más que una toalla a la cintura, y lo pone todo perdido de agua. Un verdadero asco, y lo peor es que me toca limpiarlo a mí, porque, si por este sujeto fuera, se nos comía la mugre en la cápsula espacial. ¡Pues no acabo el otro día de dejar el baño limpio y reluciente y llega el tiparraco, se pone a peinarse delante del espejo, y cuando acaba coge el peine, desprende toda la mata de pelo que se había arrancado, y la deja que flote suavemente por el espacio! De verdad os digo, Houston, que si no fuera por el éxito de nuestra misión y por el bien de la Humanidad, le hubiera estrangulado allí mismo.

Está la nave, con todo esto, hecha una pocilga, pero eso ya no es ninguna novedad.

* * *

Nave espacial Argos, *en misión de exploración Mars 31. 80 días desde el lanzamiento. 19 de marzo de 2171. Conexión con base en Tierra. Habla el cosmonauta Igor Grigoriev [fragmento]:*

...Esto se veía venir, Houston. Después de casi tres meses en el espacio con el Stewart de los cojones, al final —ya lo habréis visto por el circuito cerrado— estalló el conflicto. Curiosamente, cuando habíamos decidido, en un rapto de sensatez mutua, hacer las paces. «Pelillos a la mar, Grigoriev». «Pelillos a la mar, Stewart». Y nos tendimos la mano. Para celebrar nuestro recobrado compañerismo, abrimos la caja de concentrado de champán que guardábamos para cuando, dentro de unos días, lleguemos por fin al Planeta Rojo. «Siento si he estado alguna vez brusco», dije yo. «Siento si alguna vez le he dado una mala respuesta», dijo él. E ingerimos a la vez sendos concentrados...

El caso es que, no sabría decir muy bien cómo, y seguramente a causa de la ingravidez, al cabo de unos cuantos concentrados ingeridos de esta forma nos encontramos en estado eufórico, hablando de lo que se suele hablar en estos casos: de «churris», por utilizar mi expresión, de «féminas», por utilizar la de Stewart. Pero tampoco en eso encontramos, en aquel momento, materia de discusión, porque al fin coincidimos ambos. «¡Por las terrícolas!», brindamos, y tragamos al unísono una

103

nueva cápsula de espumoso. «Anda que no vamos a ligar cuando volvamos», opiné yo. «¡Ya te digo!», me secundó Stewart, mientras se frotaba las manos. «Claro que sí, compañero —y le eché mi brazo por los hombros— , ya iba siendo hora». «¿Cómo que ya iba siendo hora? —se sacudió el abrazo, de pronto, y se me quedó mirando con semblante serio—, ¿por quién lo dice, Grigoriev?» «Por nadie, Stewart, no sea usted quisquilloso; es una forma de hablar». «En todo caso, dígalo por usted, porque sepa que a mí nunca me han faltado las relaciones mundanas, y nunca mejor dicho». «No lo dudo, hombre, no lo dudo, con ese porte y esa categoría...» «¿Se está usted burlando de mí, Grigoriev?» «Nunca se me ocurriría, por favor». «Mejor así». «Burlarme yo de alguien que ha estudiado en la Ivy League y que tiene cuatro generaciones de congresistas detrás». «¿Cómo? ¡Se está usted burlando de mí! ¡Usted, un cosaco calvorota!» «¡Gordo elitista!», no tuve más remedio que replicarle. «Cochinote». «Perturbado»...

Y a punto estuvimos de llegar a las manos; si finalmente no nos tomamos de las solapas y nos liamos a mamporros no fue por un repentino ataque de cordura, nada de eso, fue simplemente porque, debido a la falta de gravedad, nos manejábamos con torpeza y los puñetazos impactaban con demasiada lentitud. De haber estado en la Tierra, en condiciones óptimas de gravedad, no os quepa duda, Houston, de que le hubiera dado a Stewart una buena tunda.

* * *

11 de abril de 2171. A las 13:17:22, hora de Houston, el módulo de exploración *Achilles,* desprendido de la nave

espacial *Argos,* se posa en el suelo de Marte. Apenas una hora después, y una vez que los sensores del *Achilles* han verificado exhaustivamente las condiciones atmosféricas —temperatura, humedad, presión, composición del aire—, gravitacionales, lumínicas y geológicas del terreno donde se ha verificado el amartizaje, a las 14:10:12 exactamente, se produce uno de los acontecimientos, sin duda, cruciales en la historia del ser humano. A las 14:10:12 exactamente, la portezuela del *Achilles* se abre con solemne parsimonia y uno de sus ocupantes se dispone a ser el primer hombre que camine por la superficie del Planeta Rojo.

[Fragmento de la declaración de Aelbert van Rijn, jefe supremo de la misión Mars 31, ante el Comité de Ética]:

…Todo estaba previsto para el gran momento. Stewart tenía que ser, por su rango, el primero en descender del *Achilles,* portando en su mano izquierda una rama de olivo, símbolo de la paz. Unos minutos después, en caso de que Stewart no se hubiera despeñado por algún hoyo imprevisto, le hubiera comido una fiera insospechada o le hubiera fulminado algún virus ajeno a nuestros cálculos, cuando estuviera claro, en fin, que Stewart sobrevivía, Grigoriev tenía que descender de la nave portando en su mano derecha una báscula romana, símbolo de la justicia. Debo decir que, durante mucho tiempo, el cosmonauta se opuso a este *atrezzo,* pues, según sus palabras, «va a parecer que llego a Marte a vender tomates», pero al fin los mejores filósofos, más profundos pensadores y más reputados humanistas le convencieron de la significación que encerraban aquellos objetos, alegorías del eterno afán humano: la paz y la justicia. «Bueno, vale», convino al fin

105

Grigoriev, y todo estaba, en resumidas cuentas, dispuesto para el hito histórico.

Pero he aquí que, al abrirse la portezuela del *Achilles,* cuando todos estábamos aguardando el surgimiento de Stewart con tamaña pompa y prosopopeya, el que apareció fue Grigoriev, y no precisamente para bajar la escalerilla con circunspección. Con las cadenas de la romana al cuello, y se diría que impelido por una gran fuerza, lo que hizo fue arrojarse de cabeza al exterior y, más que posar el pie, esplendorosamente, en el suelo marciano, cayó de bruces y levantó una gran polvareda de hematita. Al instante —no a los diez minutos de seguridad que estaban contemplados—, Stewart apareció en la portezuela de la nave, con los puños por delante y sin el menor rastro de rama de olivo.

A todo esto, ninguno de los dos había pronunciado las frases marmóreas que les habíamos preparado para la ocasión, palabras sobre el amanecer que en aquel momento tenía que estar inundando el cielo de Marte. «¡Qué magnífico orto!», tenía que exclamar Grigoriev. En su lugar, Stewart, en posición pugilística, dijo aquello de: «Venga, bocazas, repite eso, ahora que hay gravedad», a lo que el cosmonauta, levantándose del suelo, respondió: «Baja tú aquí, gordinflón, si eres tan valiente». «Ya lo creo que bajo», y de un gran salto se plantó Stewart al lado de su compañero. Grigoriev, no menos raudo, se abalanzó sobre él, y ambos se enzarzaron en una pelea de puñetazos, empujones, zancadillas…

Así anduvieron hasta las 14:13:26, hora de Houston. En aquel momento, uno de ellos, Stewart —creo, aunque en la confusión era difícil precisar—, al tomarse un respiro entre puñetazo y puñetazo, alza la cabeza y advierte

106

cómo toda la loma alrededor del lugar de amartizaje se encuentra cubierta de extraños seres. Seres que se han ido congregando para observar la pelea y que les contemplan en silencio y a una cierta distancia. Stewart entonces queda parado, seguramente a consecuencia del asombro, momento que aprovecha Grigoriev para descargarle una patada en el estómago; pero Stewart no hace intención de replicar. Asombrado por la repentina quietud de su contendiente, levanta el cosmonauta la cabeza y repara también en aquellas figuras, del orden de cien, que se han ido arracimando a lo largo de la loma.

A la extraña luz del sol de amanecida que refulge en la atmósfera marciana, podemos ver desde Houston —y seguramente también Stewart y Grigoriev desde su posición, aunque es mucho el polvo que han levantado— que todo el grupo a lo largo de la loma está compuesto por seres como de metro y medio, alzados sobre dos patas. Muestran dos extremidades más o menos en el lugar de donde surgen los brazos en el cuerpo humano, extremidades que acaban asimismo en algo parecido a manos. Su cabeza es extraña, con forma de yunque, y muestran dos grandes, enormes ojos a cada lado de lo que se supone una minúscula nariz. Todos ellos se encuentran desnudos y su piel, aunque a una luz extraña, parece ser verde.

Ante este repentino grupo de espectadores, Stewart y Grigoriev recuperan la compostura y comienzan a practicar los movimientos que, por si se presentaba la ocasión, tanto habíamos ensayado: muestran las manos extendidas, en señal de paz, abren los brazos, en señal de receptividad, hincan una rodilla en tierra, en señal de respeto. A las 14:18:21, uno de aquellos seres desciende la ladera despacio y se dirige hacia los dos humanos. A las 14:39:10 —ya he apuntado que bajaba muy despacio— el ser llega ante ellos, que todavía permanecen con la rodilla en tierra.

A las 14:40:05 posa una de sus extremidades en el hombro de Grigoriev. El ser humano acaba de establecer contacto con los habitantes de otro planeta...

* * *

Cerca de la depresión Tidida[8], en la pequeña ciudad de Sxiberheg.
16 de abril de 2171.
Conexión con base en Tierra.
Habla el cosmonauta Igor Grigoriev [fragmento]:

...Nos llevaron entonces hasta un hoyo, excavado en la tierra roja tan diestramente que apenas si conseguimos ver la entrada hasta que estuvimos sobre ella; al mirar en torno, advertimos asimismo la entrada de otros

---

[8] En 2115, al comienzo de la misión Mars —ambicioso programa especial centrado, en una primera fase, en la exploración del planeta Marte por ingenios no tripulados, y en una fase final, en la llegada a dicho planeta de exploradores humanos—, se hizo una solicitud mundial de nombres con que bautizar a los diversos accidentes geográficos que se fueran descubriendo. Dado que nuestro planeta vecino había sido llamado Marte en su día en honor al dios de la guerra, se estipuló que los nombres propuestos tenían que ser de personas o lugares relacionados con acontecimientos bélicos, en la seguridad de que, ¡triste historia humana!, no habrían de faltar lugares ni apellidos con que dar satisfacción a todos los países de la Tierra. La medida tuvo gran aceptación y, como se había supuesto, hubo nombres bastantes y aun de sobra para denominar toda la superficie del globo marciano. Así, el lugar donde descendió el modulo «Achilles», la depresión Tidida, se encuentra junto al lago Ayax y al volcán Cascorro.

cincuenta o sesenta agujeros. Muy amablemente, nuestros anfitriones nos invitaron a descender al interior. Stewart y yo intercambiamos una mirada y, a través del reflejo de la escafandra, supimos que ambos estábamos pensando lo mismo. Aquellos agujeros parecían talmente hornos y, al unísono, indicamos a nuestros anfitriones que descendieran ellos delante. Eso iban a hacer cuando Stewart y yo intercambiamos una mirada y, de nuevo, a pesar del reflejo, supimos que nuestros pensamientos iban parejos. Dimos una voz y los marcianos se detuvieron. Tal vez no se tratara de hornos, sino de refugios contra un peligro, tal vez contra animales salvajes, y quién nos aseguraba que, al hallarse los marcianos dentro, no iban a cerrar la apertura y dejarnos fuera, a la intemperie, a merced de quién sabe qué peligros. Les hice señas entonces para que pasaran unos cuantos delante, nosotros en medio, y el resto detrás; pero Stewart, con otra seña, me dio a entender que mejor sería que fuera yo delante, los marcianos en medio y él detrás; o mejor —estuvimos un rato haciéndonos señas— yo delante, unos cuantos marcianos detrás, él en medio, el resto de los marcianos después, y al final yo de nuevo, que habría vuelto a salir para cubrir la retirada.

Así hicimos al fin y, sanos y salvos, entramos en el hoyo.

Dicho hoyo, al que se descendía por una anchurosa escalera, había sido excavado cosa de metro y medio o metro sesenta de profundidad, de manera que nuestros anfitriones cabían en él con la holgura justa y nosotros tuvimos que introducirnos agachados. Una vez en el interior —un círculo de unos cinco metros de diámetro, sin adorno alguno en las paredes, ni mobiliario a la vista—, notamos con asombro que el suelo estaba cubierto todo

109

él por algo así como hierba —no parecía, desde luego, pelo de ningún animal—, pero lo extraño era que esta hierba, moqueta o estera emitía una luz fluorescente que iluminaba desde abajo toda la sala. Los marcianos se sentaron con la mayor naturalidad sobre aquel fulgor, en corro y con la espalda apoyada en la pared, y nos invitaron por gestos a hacer lo mismo. Despacio, con sumo cuidado, no fuera a ser que aquel extraño suelo quemase, colocamos al fin nuestras posaderas en él.

Le preguntamos entonces al que parecía ser el jefe, por mímica y sonidos guturales, si se habían asombrado mucho al vernos, y él respondió por gestos que, hombre, lo normal en estos casos. Les señaló Stewart, con marcas en el suelo, el planeta del que procedíamos y ellos dijeron que ya lo habían supuesto. Les mostré yo nuestros trajes y les di a entender que, sin ellos, no podíamos sobrevivir en las duras condiciones atmosféricas marcianas, y ellos respondieron que, claro, lógico.

Aquí Stewart, disimuladamente, me dio un pellizco. Sin duda había cometido una imprudencia revelándoles nuestra vulnerabilidad. «Pero ya tendremos tiempo —se apresuró a gesticular mi compañero— de hablar sobre nuestro planeta, ahora cuéntennos algo sobre ustedes». «Si quieren…» concedió el que parecía el jefe. A decir verdad, se nos agolpaban las preguntas. «¿Cuántos son ustedes, los marcianos?», pregunté yo. «Somos bastantes —dijo el jefe—, aunque tampoco demasiados». «¿Habitan todas las regiones del planeta?», preguntó Stewart. «No, todas no, sólo las habitables». «Ya». «¿Y desde cuándo habitan este planeta?», le quité el turno de preguntas a mi compañero. «¿Quiénes?, ¿nosotros?» «Sí». «Pues no sabría decirle, desde hace mucho tiempo». «Pero ¿cuántas vueltas, más o menos, al sol?» «No sé, la verdad, no llevamos la cuenta». «¿Es posible?», exclamé, sorprendido.

«Pasando a otra pregunta —me tomó el relevo Stewart—: ¿cuánto suelen ustedes vivir?» «¿Aproximadamente?», replicó el jefe. «Sí, claro, aproximadamente». «Pues unos más y otros menos, pero en líneas generales, podría decirse que vivimos lo normal». «Pero ¿eso cuántas vueltas al sol es? ¿Catorce, veinte, quinientas...?» «No lo sé, ya le he dicho que no llevamos la cuenta». «Ya, claro, lo entiendo —y exclamó luego Stewart—: ¡qué hermosa lección filosófica!» El jefe se encogió de hombros en un claro ademán de indiferencia no ya afín a todos los hombres, como siempre habíamos pensado, sino común a todos los seres inteligentes.

«¿Le importa si le hacemos más preguntas?», proseguí yo. «No». «¿Cómo están ustedes organizados?» «Pues estamos organizados bien». «Me refiero al terreno político, ¿tienen establecido algún órgano supremo de poder?» «Que yo sepa, no». «¿Y cómo articulan entonces su sociedad?» El jefe volvió a encogerse de hombros. Stewart me tomó el relevo: «Pero son ustedes una civilización, a lo que parece, al menos forman un grupo, luego es necesario que exista alguien en la cúspide y alguien en la base». Los dos enormes ojos se nos quedaron mirando. «Voy a ponerle un ejemplo: usted es el jefe de esta aldea, por lo que veo». «Si quiere serlo usted...» «No, no, ¿yo para qué quiero ser el jefe de los marcianos?; yo lo que quiero es que convenga conmigo en que, puesto que hay alguien que dirige a los demás y se impone sobre ellos, tiene que haber por fuerza alguien que mande y alguien que obedezca, un ser por encima de los demás —Stewart alzó la mano—

111

y otros por debajo —Stewart la bajó—, aunque a esa situación se haya llegado de mutuo acuerdo o incluso por sorteo».

Compondrían el grupo reunido en el agujero alrededor de treinta individuos, tanto masculinos como femeninos —hembras parecían ser las de curvas más pronunciadas y diversas turgencias—. Había incluso infantes. Los treinta estaban acomodados en el suelo, en completo silencio, y todos se hallaban pendientes de nuestras gesticulaciones, aunque con un extraño —si cabe decir esto de un marciano— semblante de serenidad.

«Yo soy el jefe porque se me ha ocurrido», dijo nuestro interlocutor. «Claro que sí, y a eso voy: el simple hecho de que a usted se le haya ocurrido y a los demás no, ya demuestra que, en cierta o en gran manera, es usted de una categoría distinta a la de ellos. Supongamos que de pronto se le ocurre a otro...» «Pues entonces él sería el jefe». «¿Y usted no se opondría?» «No, porque yo ya he sido jefe». «Pero tal vez piense que no ha sido jefe lo bastante». «¿Cuánto es bastante?» Stewart, que era el que estaba interrogando, me miró. Le sustituí rápidamente: «Quizás así resulte más fácil: imaginemos que eso de ser jefe se le ocurre a dos de ustedes a un tiempo». «Eso es imposible». «¿Por qué es imposible?» «Porque no ha sucedido nunca». «Ya, claro, pero que no haya sucedido nunca no significa que no pueda suceder», gesticulé con cierta ironía. Y el jefe se apresuró a responderme: «Pero significa que, hasta que suceda, es imposible». «Ya, claro, eso sí».

Me había quedado meditabundo y Stewart tomó el testigo: «¿Tienen ustedes propiedades privadas?» «Sí, ¿quiere usted alguna...?» «No, no, yo no quiero nada, entiéndame bien, mi pregunta es: ¿cómo las distribuyen?»

«Pues si a alguien se le antoja algo y no es de nadie, lo coge». «¿Y no protestan los demás?» «¿Por qué iban a protestar, si a nadie se le ha antojado?» «Pero ¿y si dos de ustedes quieren lo mismo?, ¿quién lo toma?, ¿el más rápido?, ¿el más fuerte?, ¿el más espabilado?» «No, si lo quieren dos a un tiempo, pues es de los dos». «Pero imaginemos que alguien lo quiere todo, absolutamente todo», y mi compañero abrió los brazos en su máxima amplitud. «¿Y para qué iba alguien a quererlo todo?» «¿Nunca se le ha ocurrido a nadie?» «No, ése es otro imposible».

«Tendrán ustedes leyes, por lo menos», me rehice. «A temporadas». «¿Cómo que "a temporadas"?» «Sí, a temporadas: si hay que organizarse, por ejemplo, para construir una casa o para limpiar un aljibe, pues hacemos una ley para construir una casa o para limpiar un aljibe». «¿Y cuando la casa está construida y el aljibe limpio?» «Se deroga la ley». «¿Y si, corriendo el tiempo, hay que hacer otra casa?» «Pues hacemos otra ley». «¿Y no podrían ustedes legislar los casos en genérico?» «Demasiado esfuerzo», dijo el jefe. «Hombre, siempre será más descansado que hacer una ley por cada casa y cada aljibe». «Pero ¿y si no necesitáramos nunca más construir casas ni limpiar aljibes?» «Entonces sí —accedió Stewart—, lo reconozco, sería esforzarse en balde».

Hubo, después de esto, un largo instante de silencio. «¿Quieren ustedes preguntar alguna otra cosa?» Stewart y yo nos miramos; el brillo en nuestras escafandras era inconfundible. «No, gracias —dije yo al fin—, quizás más adelante; aún tenemos que procesar toda esta información»…

* * *

En la pequeña ciudad de Sxiberheg, 18 de abril de 2171.
Conexión con base en Tierra.
Habla el astronauta Igor Grigoriev [fragmento]:

...Crían los marcianos para su alimento, transporte y también como animal de compañía unas extrañas criaturas de cinco patas (dos delante y tres detrás) que suelen andar apoyándose en todas ellas, aunque algunas veces caminen incorporadas y con la sola tracción de sus patas traseras. El tamaño de estas criaturas es, aproximadamente, el de un pastor alemán, y muestran el cuerpo cubierto de escamas salvo las cinco extremidades y el cuello, cubiertos de un pelo hirsuto y áspero. Tienen dos ojos de mirada triste, amplias orejas que les caen a los lados como a los conejos de peluche, un morro proyectado hacia delante, con algo parecido a un hocico en su punta, y la boca pequeña, fruncida, como si estuvieran a punto de dar un beso.

Le pregunté al jefe si aquéllos eran los únicos animales que había en los contornos y me respondió que no sólo eran los únicos en los contornos, sino que, por lo que él sabía, no existían otros animales en todo el planeta. Le insistí en este punto y él lo corroboró: no había más animales, no, en todo Marte, ni feroces ni domésticos, ni aéreos ni subterráneos, ni terrestres ni acuáticos, ni de mayor o menor tamaño, que esos extraños bichos de cinco patas. «¿Cómo se llaman?» «No tienen nombre». «¿No tienen nombre?» «No, como no hay más animales que éstos y no tenemos que diferenciarlos de otros, pues no les hemos puesto nombre». «Pero siquiera sea por un rasgo de creatividad...» Se encogió de hombros. «¿Y

114

atacan?» «No, son muy pacíficos». «¿Y qué hacen?, ¿balan, relinchan, cacarean, croan...?» «No hacen nada. Están todo el rato en silencio». «¿Y dicen que los emplean como animales de compañía?» «Sí. Se quedan en un rincón de las casas, quietos, parados, sin hacer nada, y nos entretenemos mucho mirándoles». «Será su carne sabrosa, al menos», aventuré. «Lo normal», respondió el jefe...

* * *

En la pequeña ciudad de Sxiberheg.
21 de abril de 2171.
Conexión con base en Tierra.
Habla el astronauta John Stewart [fragmento]:

...Nunca pensé que podría decirse una cosa así, pero qué vulgares y qué simplones son los marcianos. ¡Por favor! Qué gente más sosa. Todo les parece bien, por nada protestan, y en cualquier ocasión se muestran imperturbables. Sé que esta temperancia, en nuestra vieja Tierra, sonará deliciosa —¡oh, qué individuos más ataráxicos!, dirán muchos—, pero tamaño empaque como muestran los marcianos, cuando se les observa bien, lejos de ser la muestra de un carácter no es sino el síntoma de una incapacidad. Los marcianos adolecen de apatía y desidia, y muestran una falta de iniciativa pasmosa. ¡Cómo serán de panolis y qué poca picardía tendrán estos cabezayunque que hasta han trabado rápidamente amistad con Grigoriev! O, mejor dicho, que se han dejado rápidamente embaucar por Grigoriev.

Yo no quería hablar sobre esto porque no es agradable denunciar a un compañero y porque, en el fondo, esperaba que el cosmonauta recapacitara sobre su actitud y se enmendase por sí solo. Pero pasan los días y veo que no sólo no es así, sino que lleva camino de enquistarse en su error. Así que a Houston va; juzgue el Comité de Ética sobre lo siguiente:

Estábamos buscando un sujeto marciano que se prestara a someterse a un reconocimiento médico, conforme a nuestras órdenes. Nos pareció entonces que el más apropiado sería el mismo jefe que nos había atendido, puesto que, además de parecer un individuo sano, se mostraba muy bien dispuesto a colaborar con nosotros. Se lo propusimos y, como era de esperar, se encogió de hombros y respondió: «Está bien. Hagan conmigo lo que quieran». Así son los marcianos, ya digo. Le introdujimos por tanto en la nave, le tumbamos en una camilla y, como visteis por el circuito cerrado, le medimos, le pesamos, le auscultamos, le tomamos la tensión, le sacamos sangre, le hicimos una radiografía, un cateterismo, un tracto anal... A todo ello, el indolente y cachazudo marciano, cuando le preguntábamos si le dolía o molestaba, se limitaba a responder: «Lo normal».

Una vez hechas todas las pruebas y concluida la conexión con Tierra, le indicamos que podía irse en paz... o al menos eso le indiqué yo, porque, muy al contrario, Grigoriev le estaba esperando a la salida con un objeto. «Esto para usted, de regalo, por haberse portado tan bien». A través del ventanuco, les vi conversar en los siguientes términos: «¿Le gusta?» «Pues no sé, porque no sé lo que es». «Tóquelo, acarícielo, sienta su fuerza. Así. Esto se llama llave inglesa y en nuestro planeta es todo un símbolo de poder; quiero decir, que sólo los mandatarios, o mejor, el más alto dignatario, puede poseerlo. Vea cómo brilla, qué hermosa es», y acompañó

116

al jefe marciano al poblado encareciéndole las virtudes de la llave.

Con todo y ser tan pavos los marcianos, en poco tiempo ocurrió lo que era de prever: movidos por la curiosidad, todos quisieron tener, tocar, acariciar, aunque solo fuera un momento, la famosa llave. «Vale», dijo en un primer momento el jefe. «¡No!», le frenó Grigoriev cuando ya se la estaba tendiendo al primer solicitante. «Tenga en cuenta que la llave, La Llave, es un símbolo de autoridad, reservado a unos elegidos, una herramienta del poder. Si se la dejara a alguien, tendría que renunciar a ese poder». «Vale, renuncio», dijo el jefe, mientras le tendía la llave al primer y muy paciente solicitante. «¡No!», le volvió a detener Grigoriev, y le separó del grupo para aclararle ciertos aspectos...

* * *

En la pequeña ciudad de Sxiberheg.
26 de abril de 2171.
Conexión con base en Tierra.
Habla el astronauta Igor Grigoriev [fragmento]:

...Me gustaría concluir este informe haciendo referencia a la conducta de... iba a decir mi compañero, pero no, a la conducta de ése, de Stewart. Resulta que ando yo de un tiempo a esta parte preocupado por transmitir a los habitantes de Marte nuestros valores más avanzados, conforme ordena no sólo el reglamento de la misión, sino las más elementales normas de la moralidad: enseñar al que no sabe. En este caso, pretendo conducirles hacia un nivel político superior, una organización más evolucionada,

117

encauzarles en la vía de la prosperidad y el progreso a través de, por decirlo así, el dinamismo social. Pero Stewart se opone a esto, por descontado. Stewart es refractario, inmovilista, obstruccionista incluso. Stewart prefiere ver a esta gente inactiva, apática, sentada mano sobre mano, en su posición natural, antes que ocupada en desembarazarse de la pereza y echar a rodar un sistema.

Hace dos días me llegó el rumor de que el bueno de Stewart había convocado a un grupo de marcianos en un pedregal cerca de Sxiberheg, resguardado de las miradas indiscretas. Yo, sin embargo, oculto tras una piedra, pude ver cómo les arengaba, con mucha energía de gestos, para que no hiciesen caso de los símbolos del poder ni sintiesen curiosidad por ellos. «Bueno, bien —accedieron los marcianos—, no haremos caso ni sentiremos curiosidad». «¡No! —se apresuró a responder Stewart—. ¡Fatal! No deben dejar de hacer caso porque se lo diga un cualquiera, sea yo o sea otro. No deben dejarse manipular, al menos conscientemente. Debe haber en ustedes un ansia insobornable de libertad, un afán perenne de contestación, un espíritu de rebeldía». «Está bien —concedieron los marcianos—, seremos rebeldes». «Así me gusta, ésa es la actitud». «¿Podemos volver ya a nuestros hoyos?», preguntaron los marcianos...

* * *

En la pequeña ciudad de Sxiberheg.
30 de abril de 2171.
Conexión con base en Tierra.
Habla el astronauta John Stewart [fragmento]:

... Cada vez que lo pienso: ¡qué diferencia hay entre la flema británica y la flema marciana! Lo que en un *lord* inglés es propiedad, gravedad y honorabilidad, en estos hombrecillos verdes no es más que cuajo. ¡Y si los comparamos, por lo callados y quietos, con monjes budistas!; aún peor, porque lo que en los lamas es recogimiento y meditación, en aquéllos se debe a que, sencillamente, no saben dónde ir ni de qué hablar. ¡Por no ponerlos en parangón con los viejos apaches que, subidos a un montículo, contemplaban las extensas praderas frente a sí! Éstos, todo lo más, miran adelante. Y, desde luego, se dejan convencer por cualquiera.

Voy entendiendo la razón última por la que Grigoriev dio al jefe del poblado un arma política tan poderosa como la llave inglesa, que a día de hoy tiene a toda la marcianidad revolucionada... dentro de lo que ellos entienden por revolución, que es bien poco. Arrastrándome subrepticiamente junto al hoyo del monarca, a través de un agujero pude ver cómo ese maquiavélico sujeto que un día fue mi compañero instaba por señas al primero de los cabezayunques a que, en virtud del poder de La Llave, promulgase una ley para arrestar y sancionar a todo aquel que no guarde el debido respeto al paso del rey. O de su consejero. «¿Y cuál es el debido respeto?» «Eso ya lo estableceremos. Vamos por partes. Primero, las sanciones. Si es marciano, la confiscación de bienes, la prisión, la vergüenza pública, o algo por el estilo; si es terrícola, quince días a pan y agua y un informe negativo a Houston sobre su conducta, proponiendo la degradación». «¿Y si todo el mundo guarda el debido respeto?» «No se preocupe, que alguien lo incumplirá». «¿Y si no lo guarda y yo no lo veo?» «Procure usted estar atento». «¿Y si no lo guardan cuando yo estoy en mi agujero?» «Ponga usted vigilantes». «¿Y si quienes no guardan el debido respeto son los vigilantes?»

El suspiro de Grigoriev empañó el interior de su escafandra.

Tan subrepticiamente como había llegado, me alejé de allí. Ya había visto suficiente y había tomado una determinación:

No hay más remedio, Houston: voy a promover un golpe de Estado.

Ya os contaré qué tal.

* * *

En la pequeña ciudad de Sxiberheg.
5 de mayo de 2171.
Conexión con base en Tierra.
Habla el astronauta Igor Grigoriev [fragmento]:

…Según he oído, Stewart fue tomando a voleo, según pasaban frente a él, a un grupo de marcianos, a los que instituyó como revolucionarios. Con ellos en compacta formación, aunque alguno se le despistara por el camino, llegó ante la casa del monarca. Una vez allí, les pidió que prestaran atención y gritaran al unísono el siguiente lema… «Pero igual está durmiendo», le interrumpió uno de los marcianos, en referencia al rey. «Pues con más razón entonces hay que gritar, para que se entere bien», y les dictó la consigna: «Devuelve la llave al pueblo soberano». «¿Estamos? Pues va». «Devuelve la llave al pueblo soberano», gritaron los manifestantes. Y callaron luego.

120

—Sin duda —intervino Stewart, después de un rato, con tono pacienzudo—, ha sido culpa mía, que no me he explicado bien. El lema hay que repetirlo una vez tras otra, y así muchas veces, hasta el hartazgo. ¿De acuerdo? Pues vamos allá...

A una señal de Stewart, los congregados volvieron a corear la frase. Pasaron unos segundos. Varios segundos. Un minuto.

—Quizás ha sido de nuevo culpa mía —intervino Stewart— por no haber especificado con qué frecuencia se debe repetir la frase. El caso es que se grita y, acto seguido, inmediatamente después, cuando todavía no se ha extinguido el eco, se repite. ¿Entendido? Se grita y se repite, se grita y se repite. Y, ya puestos, se repite a modo de cántico, con un cierto soniquete musical.

—¿Por qué con un tono musical? —le preguntaron.

—Pues no lo sé, la verdad, nunca me he parado a pensarlo, pero es así en todos los países de mi planeta: la gente protesta cantando. Es un misterio de la raza humana, pero ahora no tenemos tiempo para eso. Venga, vamos, otra vez, con brío...

Y de este modo, Stewart intentaba insuflar ánimos a los insurrectos. Pero, por más que lo intentaba, no los insuflaba. Entretanto, el rey, que se había despertado, efectivamente, al primer grito, me preguntaba a mí, que desde hacía tiempo me alojaba en su hoyo para asesorarle mejor, qué hacer en tan insólita circunstancia.

—Aquí, amigo —le dije sin rodeos, y un punto de excitación en la voz—, es el momento decisorio, la ocasión en que se aprecia la talla de un político. Aquí Demóstenes y Catón. Aquí Pericles, Camilo o Julio César. Cuando se enfrentan a la turba sediciosa a pecho descubierto y, sin más arma que su oratoria, no sólo la apaciguan sino que la hacen cambiar de opinión y la ponen de su lado. ¡Ánimo, jefe! ¡Éste es su momento histórico! —y tomándole de los hombros, en abrazo cordial y emocionado, le acompañé hasta la boca del agujero.

Apenas el jefe asomó la cabeza, se quedó mirando a los insurgentes y, tras carraspear ligeramente, les dijo: «¡Habitantes de Sxiberheg! Marchaos a casa y, si queréis, volved más tarde, que ahora tengo sueño». Y los habitantes de Sxiberheg, a estas palabras, procedieron a retornar a sus casas en silencio, con algún que otro murmullo en el sentido de «ya lo decía yo», ante la desesperación de Stewart y mi propio asombro.

—¿Qué le ha parecido? —me preguntó el jefe cuando volvió a introducirse en la cueva.

—Bien —le respondí—; lo único, eso de bostezar en medio de la frase no queda muy retórico. Tampoco eso otro de rascarse el trasero. Pero por lo demás…

* * *

En la pequeña ciudad de Sxiberheg.
7 de mayo de 2171.
Conexión con base en Tierra.
Informe conjunto [fragmentos]:

Habla Stewart: …Y de esta manera fue como Grigoriev y yo concertamos una cita para resolver un asunto que, pese a todo, nos concernía a los dos: nuestro regreso a la Tierra. Aunque todavía no escaseaban nuestras reservas, ni de alimento ni de oxígeno, ni de otras cosas, y aunque el plazo que nos habían dado para dar por concluida la misión era muy laxo (concretamente: «en caso de establecer contacto con otra civilización, cuando se haya extraído de ella la máxima información posible»), ambos coincidimos en que ya estaba todo visto de la civilización marciana y poco de ella se podía extraer. Es más, comenzábamos a aburrirnos mortalmente de estar allí, rodeados de los cabezayunques, sin otra cosa que hacer, una vez recogidas todas las muestras, más que pasar un pulgar por encima del otro, un pulgar por encima del otro, un pulgar por encima del otro, igual que ellos, en silencio, durante horas. Los marcianos te contagian su actividad.

—Y bueno, ¿qué opinan ustedes del cambio climático? —recuerdo que les dije cierta vez, al cabo del rato, para romper el hielo y entablar conversación. Los verdes se encogieron de hombros y siguieron a lo suyo, pulgar sobre pulgar, sin decir palabra...

Habla Grigoriev: ...Al principio, cuando nos encontramos en el cráter convenido, nos miramos con prevención y nos sentamos apartados el uno del otro. No recuerdo si fue Stewart o fui yo quien primero le preguntó al rival cómo le iban las cosas. «Bueno», y hubo un encogimiento de hombros por parte de los dos. Luego, de nuevo no recuerdo quién de nosotros dijo con cierto tono cauteloso: «Qué rollo de gente, ¿verdad?», y fue como abrir una espita por la que comenzara a derramarse el agua, o una válvula por la que empezara a fugarse el vapor. Lejos de una tímida y educada negativa, el que había aventurado su opinión se encontró con un seguimiento entusiasta:

—¿Rollo dices?; rollo es poco— y, de ahí en adelante, ambos nos lanzamos a criticar las costumbres marcianas.

Comenzando por la poca, más bien nula, vehemencia con que ejecutan su acto procreativo, y el modo como, al cabo de un tiempo que ni siquiera para estas cuestiones tienen calculado, las hembras ponen un huevo sin dolor alguno. Pasado un rato, las crías rompen el cascarón —sin excesivo ruido, pues hasta en surgir a la vida son anodinos los marcianos— y van a sentarse a un rincón de la cueva, donde aguardan sin lloro alguno, píido ni berreo, a que les den de comer una especie de lechuga que cultivan en los campos próximos.

—¡Qué gente! —me acuerdo que dijo Stewart—, ni siquiera tiene espíritu para morir.

Porque cierta vez vimos a uno, efectivamente, doblar el cuello en el mismo lugar donde estaba sentado; el que estaba enfrente y advirtió el deceso se limitó a sacar el cuerpo al exterior y arrojarlo a una fosa cercana. Mientras tanto, el marciano que estaba sentado a la derecha del difunto dijo al que estaba sentado en el otro lado, a la izquierda del muerto: «X (aquí el nombre del finado) ya no está entre nosotros». «Sí —respondió aquél, y añadió—: qué hueco ha dejado».

Afanados en este critiqueo, poco a poco fue resurgiendo entre Stewart y yo, si alguna vez lo hubo, un sentimiento de camaradería. Es lo propio entre dos personas que, de repente, descubren que piensan lo mismo y, sobre todo, descubren que no hay un ser vivo, en varios millones de kilómetros a la redonda, que piense igual que ellos. Cada palabra que pronunciábamos, cada opinión que compartíamos —y eran todas—, nos unía más entre nosotros y a la vez nos separaba de estos tipos extraños, apáticos, insulsos —aquí estuvimos un buen rato acumulando adjetivos—, indolentes y flojos que son los habitantes de Marte...

Habla Stewart: ...Le propuse entonces a mi querido cosaco que, pues sólo quedaban diez horas para que la *Argos,* que orbitaba alrededor del planeta, pasara por encima de nosotros, teníamos tiempo suficiente para recoger nuestras cosas, poner a punto los motores del *Achilles* y, según cruzara la *Argos* sobre nuestras cabezas, despegar a su encuentro y ensamblarnos con ella. De este modo, en apenas un par de meses estaríamos de regreso en la Tierra. «¡La Tierra!», suspiramos los dos, con la vista perdida en el firmamento marciano, allá donde titilaba un pequeño punto de luz. «¡La Tierra, con sus días sucesivos en los que ocurren cosas!, ¡sus periódicos plagados de noticias!, ¡su gente pronta al chismorreo!» «¡La Tierra, con sus diferentes religiones, sus variadas culturas, sus distintas razas!, ¡ah! —suspiramos al unísono—, ¡la Tierra, con sus diversas mujeres!»...

Habla Grigoriev: ...«¿Y nos vamos a ir así? —le dije a Stewart—, ¿sin despedirnos de los marcianos?» «Bah, seguro que no se dan ni cuenta de que nos hemos ido». «¿Tú crees?» «Claro que sí. Venga, ayúdame a subir esta caja al módulo». Y en apenas diez minutos, nos instalamos en el *Achilles,* pusimos en marcha los motores y aguardamos con cierta impaciencia a que la *Argos* surcará el espacio justo en la vertical sobre nuestra nave...

* * *

8 de mayo de 2171.
Fragmento del sonido ambiente en el interior de la nave

125

Argos, *comentado por Aelbert van Rijn, jefe supremo de la misión Mars 31:*

...Apenas accedieron los astronautas a la *Argos*, tomaron el control manual de la nave y lograron salir de la órbita marciana; apenas habían orientado su rumbo hacia la lejana luminaria que, con un brillo hipnótico, se destacaba en el panel, cuando, de repente, y para susto de la base en Tierra, pudieron oírse algo así como tres interferencias largas, dos cortas (tttttu tttttu tttttu, ttu ttu) y acto seguido la misma secuencia, y así repetidas veces:

tttttu tttttu tttttu, ttu ttu, tttttu tttttu tttttu, ttu ttu, tttttu tttttu tttttu, ttu ttu, tttttu tttttu tttttu...

Alarmados por si aquel extraño sonido pudiera deberse a algún error mecánico, un fallo en la propulsión o una deficiencia en las transmisiones, ya los ingenieros de la base se estaban abalanzando sobre los controles cuando, también de súbito, oímos la voz de Stewart, que gritaba: «*Let's go!*» Las interferencias aumentaron entonces de intensidad, y pronto descubrimos que se trataba de notas musicales que ambos astronautas producían, rudimentariamente, con sendos inhaladores de oxígeno. Y, regulando los micrófonos al máximo, escuchamos esto en el interior de la nave:

Stewart: *A fine little girl, she waits for me.*
Grigoriev: *Me catch the ship across the sea.*
Stewart: *I sailed the ship all alone.*
Grigoriev: *I never think I'll make it home.*

Y cuando ya los ingenieros y controladores se miraban sorprendidos, pudo escucharse, al unísono, lo siguiente:

Ambos astronautas: *Louie Louie, oh baby, me gotta go. ¡Yeah!, ¡yeah!, ¡yeah!, ¡yeah!, ¡yeah!, ¡yeah!*

126

Louie Louie, oh baby, me gotta go.

...Y así se fue alejando la nave *Argos* del Planeta Rojo, en el espacio negro, de vuelta a la Tierra, al compás de «Louie Louie», aquella historia de la hermosa chica que, con una rosa en el pelo, aguarda la llegada de su marinero...

Three nights and days we sailed the sea.
Me think of girl constantly.
On the ship, I dream she there.
I smell the rose in her hair.
Louie Louie, oh baby, me gotta go.
¡Yeah!, ¡yeah!, ¡yeah!, ¡yeah!, ¡yeah!, ¡yeah!
Louie Louie, oh baby, me gotta go...
tttttu ttttu ttttu, ttu ttu, ttttu ttttu ttttu, ttu ttu...

El gran profeta Gelubezemil

…Y hasta aquí el precepto. Hemos llegado al pie del muro. Detrás de nosotros, el secular paisaje de los olivos, la tarde cálida, apenas una brisa. Silencio. En lo alto de una pequeña colina, la ciudad fortificada, de muros de adobe, torres en las que anidan las cigüeñas, el humo de varias hogueras que surge de diferentes puntos. El cielo brilla diáfano sobre nosotros, pero allá, encima de la ciudad, comienzan a arracimarse nubes oscuras. Pasa por las cercanías un pastor, conduciendo un hato de ovejas; un labriego lleva a un burro del ronzal, cargado el animal con sendas cántaras de leche en sus costados; una patrulla militar, con estruendo de hierros, desorden de lanzas, las plumas de sus cascos meciéndose al viento, pasa también con prisa camino del campamento, a guarecerse de la tormenta. Éste es el paisaje a nuestras espaldas. Frente a nosotros, el muro. Nada, en realidad, nos impide saltarlo.

Ya estamos de la otra parte.

Si nos sentamos debajo de aquel manzano, os contaré la historia del profeta Gelubezemil. Pocos de vosotros la habréis oído; sin embargo, detrás de esas montañas es mucha la gente que venera el nombre de Gelubezemil, el Gran Profeta. Allende los mares se le conoce también como el Sanador, porque su palabra ha curado a muchos de la desesperación y les ha guiado por el buen camino; es por esto que, más allá del horizonte, en el orbe donde se oculta la Luna, Gelubezemil tiene dedicados numerosos templos, estatuas, y las madres colocan su imagen bajo la almohada de los recién nacidos, para que así les proteja de todo mal.

Según cuenta la leyenda, Gelubezemil fue engendrado en lo más oscuro de la Tierra, allá donde hunden sus raíces los árboles, de donde brotan los ríos, allá donde, según nuestros ancestros, van a parar las almas de los muertos. A la entrada de ese espacio lóbrego y húmedo, a la boca de la gruta que, poco a poco, va descendiendo hacia el fondo de la tierra, llegó cierta mañana una mujer anciana y de aspecto fatigado. Quiso introducirse en la caverna, pero dos guardias que custodiaban el lugar, cada uno a un lado, terciaron sus respectivas lanzas y detuvieron a la mujer. «Vengo a ver al Señor de las profundidades terráqueas», dijo ésta. «Hace mucho que nadie viene por aquí», le respondió uno de los guardias. «¿Y qué con eso?», replicó la mujer, que, aunque vieja y fatigada, aún conservaba algo de su vigor. Y luego preguntó: «¿Está visible o no?» Y a ello los guardias de la puerta enderezaron sus lanzas, volvieron a sus respectivas posiciones y, sin mediar palabra alguna, dejaron acceder a la mujer al interior de la cueva.

Clic, clic, clic, sonaban las gotas al caer, después de resbalarse por una larga estalactita, desde el techo al suelo, formando un charco a la entrada de la caverna.

Tras una larga caminata entre sombras que se deslizaban sobre su cabeza, seres informes que corrían ante sus pies, por caminos escarpados que a trechos se asomaban a profundas simas en cuyo fondo borboteaba la lava, por un ambiente penumbroso rasgado de aullidos y lamentos y que hedía a azufre, la mujer llegó al fin a lo más hondo de la gruta, a la explanada donde tenía su trono el Señor de las profundidades. El Innombrable. Se hallaba Éste allí en Su Majestad, dormitando con la cabeza inclinada sobre el pecho y escorado hacia un lado, la boca abierta y un hilillo de saliva escurriéndosele por la comisura. Así es costumbre retratar al Impronunciable en las tierras detrás de las montañas, en imagen que llena de sobrecogimiento y temor. Pese a tan terrible estampa e imponente figura, la anciana mujer se acercó al Impresentable y le sacudió el hombro, a lo que Aquél despertó bruscamente, con gran agitación de su cabellera, en la que, asimismo somnolientas, habitaba gran número de serpientes.

—¿Qué es lo que quieres, mujer? —dijo el Señor de las profundidades con voz tronante—, ¿a qué vienes a perturbar mi sueño?

Le contó entonces la mujer al Improrrogable que estaba harta de los pesares de la vida, cansada de los accidentes, las muertes, las catástrofes, exhausta de la maldad, la perfidia, la mentira de sus semejantes, de la injusticia y la avaricia en torno. Completamente agotada de la vileza y la ferocidad que soplaban sobre la tierra. El Señor de las profundidades escuchaba a la mujer con atención, apoyado en uno de los reposabrazos y con uno de los dedos en su mejilla, en postura grave y reconcentrada. En un momento determinado, extendió la palma de su mano y detuvo a la anciana, que no había parado de quejarse en todo aquel tiempo.

—¿Tan mal está la cosa? —preguntó a la mujer; y ante la mirada oblicua de ésta, el Insumergible confesó:

—Mucho me temo que tengo los asuntos de allí arriba demasiado abandonados.

—Pues hacéis mal –le replicó la anciana—. Al fin y al cabo, vos también giráis en este globo.

—Está bien, déjame pensar —el Señor de las profundidades se levantó de su trono y comenzó a dar vueltas por la explanada, al fondo de la Gran Gruta, muy lentamente, con las manos en la espalda y mirando al suelo en actitud pensativa. En torno de él revoloteaban los murciélagos y de su cabeza se desprendían serpientes que, al caer al suelo, iban corriendo a guarecerse entre las sombras. Otras sierpes que colgaban del techo de la caverna se dejaban caer y ocupaban su lugar. Clic clic clic, sonaban aquí también las gotas al caer sobre los diferentes charcos.

—Ya está —dijo de pronto el Señor de la caverna, deteniéndose—. ¿Cómo no se me ha ocurrido antes? Alégrate, mujer —clamó en dirección a la anciana—, muy pronto te daré un hijo y a través de él se realizará mi plan.

—¿Estáis seguro? —objetó la mujer, que, de repente, comenzó a sentirse oprimida por la profundidad y penumbra de la cueva.

—Claro que estoy seguro. Estas cosas siempre resultan.

Y tomando entonces a la mujer por la cintura, la inclinó hacia detrás y, antes de que ella pudiera oponer una resistencia mayor, le extrajo una costilla y, con aquel hueso en la mano, volvió a sentarse en su trono.

—En pocos días le daré forma y luego te lo enviaré. Al hijo, digo. Tú le pondrás de nombre Gelubezemil, para que la gente cuando le vea diga: «La madre de éste fue a ver al Gran Señor, y el Gran Señor, con una costilla (de ella, no de Él), me modeló y luego me envió al mundo». Eso dirá la gente cuando le vea. Ahora, mujer, vete contenta. Vuelve a tu casa y aguarda la llegada de Gelubezemil.

La mujer, retrocediendo, se dirigió hacia la salida de la gruta, una mano en el costado porque, a causa de la maniobra del Impenetrable y aquella su ocurrencia de la costilla sentía cierta molestia. Ya casi se había ocultado, entre las sombras, a la vista del Gran Señor cuando volvió sobre sus pasos a preguntarle:

—¿Cómo habéis dicho que tenía que llamarle?

—Gelubezemil. Porque así la gente cuando le vea dirá: «He aquí que la madre de éste fue a ver al Señor de las profundidades y Éste tomó una de sus costillas (de ella y no de Él)…»

—Sí, sí, eso ya lo tengo claro —le interrumpió la mujer. Y luego retomó el camino de salida:

—Gelubezemil. Gelubezemil. Espero que no se me olvide. Gelubezemil…

Y repitiendo ese nombre salió de la gruta y volvió a su casa.

* * *

Cuenta la leyenda que una mañana, poco después de aquello, de entre la lava ardiente del volcán Emenepuri surgió un muchacho como nunca antes había visto nadie. Y no por hermoso, dice la tradición, ni por apuesto, sino porque nunca antes nadie, en realidad, había visto surgir a hombre, criatura o cosa alguna de entre aquellas lenguas de fuego.

Tendría el muchacho en torno a los veinticinco años e iba vestido con ropas muy pobres. Según los pocos que

132

asistieron al hecho —unos mercaderes que se hallaban cerca del lugar—, el joven, apenas hubo cobrado forma, echó a correr entre los vahos candentes del magma con extrañas zancadas, levantando las rodillas casi hasta el pecho y profiriendo unos extraños sonidos que los atónitos mercaderes no alcanzaron a interpretar. Éste es, el del Lenguaje Incógnito, uno de los primeros misterios de Gelubezemil. De hecho, en el solsticio de primavera, fecha en la que el Profeta surgió de entre la lava, es costumbre entre sus adeptos reunirse en torno al lugar e interpretar, por medio de cañas de bambú que hacen vibrar en el aire, tubos que emiten una especie de aullido y todo tipo de instrumentos que ululan, algo, según la tradición, muy parecido a las primeras palabras con las que Gelubezemil denominó el mundo. No muy lejos de allí, en una colina cercana, se alza un templo bautizado como «El de la Precipitación del Profeta», llamado así tanto por el modo en que el Elegido llegó al mundo arrastrado por el líquido incandescente como por la manera en que, apenas puso el pie en tierra firme, apartó a los mercaderes de su paso y echó a correr hacia un río próximo, a cuya corriente se arrojó de cabeza en un acto que hoy, cada primavera, es repetido por cientos de miles de veneradores. Esta unión del fuego y el agua, del elemento ígneo y el elemento acuífero, es clave para entender la figura y el mensaje de Gelubezemil.

Según las *Andanzas del Profeta*, libro que en este punto comienza la crónica de los hechos del Sanador, de los pies del Emenepuri, una vez cumplido el rito primigenio, se dirigió Gelubezemil, todavía innominado, hacia la aldea donde habitaba la anciana a la que había sido prometido. Aunque no era más que un muchacho, su tez colorada, hasta casi el extremo del dorado, y el penacho de humo que surgía de sus cabellos hacía que muchos con los que se cruzaba por el camino le reconocieran como un Elegido. De los pueblos cercanos, por ejemplo, salían a su paso para que les impusiera las manos sobre los sabañones, que milagrosamente se cerraban a su contacto.

Cuentan las *Andanzas del Profeta* que, atravesando éste la región de Abinará, en la aldea de Musfamuní, que en la vieja lengua de nuestros antepasados significa «lugar donde una vez apalizamos al recaudador de impuestos», una mujer salió al encuentro del Profeta. Arrojándose a sus pies, le suplicó que entrara en su cabaña, porque su hijo era presa de un mal que ningún sabio ni ningún doctor de cuantos le habían atendido acertaba a curarle. «Llevo algo de prisa», dijo el Profeta, pero como la mujer se abrazó a sus rodillas y no le soltaba, accedió al fin a acercarse a la cabaña. «Oh, gracias, gracias —le dijo la mujer—; ahora sé que sois un elegido». «No te congojes, hija de los abinareos –respondió Gelubezemil, mientras hacía grandes aspavientos con los brazos—, y suéltame las rodillas, haz el favor, que me caigo». «Perdón, señor», dijo la mujer y entonces se enderezó, tomó al Profeta de la mano y le introdujo en su morada.

Al fondo de ella, sobre un montón de paja, vio el Profeta a un zagal como de doce años, el cual, con la vista perdida en el techo, cabeceaba sin parar en medio de un canturreo indescifrable y, a cada poco, torcía el gesto movido de un extraño estertor. La mujer le pidió que se acercara a él. «Pero, al fin –preguntó el Profeta—, ¿es pacífico?». «Sí —respondió la madre—, es pacífico, pero no sabe ni entiende, y a duras penas logra introducirse el pan en la boca o sostener un vaso de agua, y muchas veces se orina y se defeca encima». Gelubezemil, a todo aquello, había quedado extasiado en la contemplación del muchacho. «¿Creéis que, imponiéndole las manos, conseguiréis hacer de él un mozo como los demás?». El Profeta, a aquello, levantó la mano y con calma le pidió a la mujer que callara. «Qué espectáculo más hermoso», murmuró luego para sí. «¿Hermoso? —dudó la mujer—; pasa así los días, tendido sobre esa paja, de vez en cuando gimotea sin razón y sin sentido...» «Es bello —replicó Gelubezemil—, muy bello. Es la imagen viva de la inocencia. Sí, mujer, tu hijo es inmensa e inigualablemente hermoso. Alégrate por él y por ti, que puedes derramar en él tu bondad. Tienes todo el derecho del mundo a llamarte dichosa». La madre, que en aquel punto tenía ya el rostro bañado en lágrimas, se arrodilló y, tomando la mano del Elegido, la cubrió de besos. «Bendito seáis, amigo —le decía— por el bien que habéis hecho».

Después de muchos hechos tan prodigiosos como el descrito, llegó al fin el caminante a la aldea donde vivía la anciana a quien había sido anunciado. La mujer se hallaba a la puerta de su casa, acompañada por varias vecinas, y no le fue difícil al Profeta distinguirla, porque de continuo se echaba ella los dedos al costado, que a raíz de la concepción de Gelubezemil le había quedado dolorido y propenso al flato. El enviado por el Señor de las profundidades llegó entonces ante la anciana y, mostrándose a su vista, le dijo: «Aquí estoy, madre. Ya he venido». «Ajá —le replicó la anciana; y luego se acordó del nombre que tenía que darle y con voz grave anunció ante todos los presentes—: te llamaré Gelubezemil». Un silencio reverencial cundió entre las vecinas que presenciaban el acto. «He dicho Gelubezemil», repitió la anciana; y como quienes la acompañaban prosiguieran en silencio, se volvió hacia ellas y les habló así: «Ge-lu-be-ze-mil», silabeando la palabra. «¿No tenéis nada que decir?» Todas cuantas estaban alrededor de la anciana se encogieron de hombros.

Y aquí hizo la mujer una mención al padre del muchacho, a las oscuras cavernas en que le había conocido y al aire que, desde aquel día, se le acumulaba en las costillas y apenas la dejaba caminar. Todo ello en beneficio de aquel recién llegado.

* * *

Vivía Gelubezemil, junto con su madre, en la aldea de Mansegusí, que en la lengua de nuestros ancestros significa: «Pues aquí damos una paliza al recaudador de impuestos cada vez que viene». Muy pronto, el joven recién instalado causó admiración entre sus convecinos por su porte imponente, por el modo calmo y sereno con que realizaba sus movimientos, por su voz suave y, sobre todo, por la paciencia y la sonrisa con que escuchaba los problemas que la gente de la aldea le venía a contar. Apenas veía a alguien acercarse hacia él, Gelubezemil dejaba cuanto estuviera haciendo para atenderle; aunque estuviera ayudando a su madre, uno de cada asa, a transportar un barreño, Gelubezemil lo depositaba al momento en el suelo y, con actitud receptiva y expresión resplandeciente, se preparaba a escuchar a los que le requerían. Y todos marchaban, sin excepción, contentos y reconfortados con las palabras del Profeta, aunque, como solía suceder, la mayoría de las veces éste no tuviera para ellos otras palabras que «realmente, no sé qué decir». Pero la voz, el brillo de los ojos, la media

136

sonrisa, el calor que emanaba de su cuerpo y un extraño efluvio que, según coinciden todos, se expandía por el aire al hablar con él, hacían que en su presencia todo se volviese diáfano, posible, fácil, menos trágico o sólo lejanamente doloroso. Eran muchas las veces en que, a aquellos que acudían a él resentidos con la vida, les pedía silencio con un gesto de la mano y les invitaba a mirar en torno. Y fuera por ser una mañana clara de verano, una tarde de primavera después de la lluvia, un amanecer neblinoso de otoño, un mediodía de invierno en que todos los ecos se perdían, muy lejos, en el horizonte, los demás contemplaban, y quedaban serenos, y muchas veces se les olvidaba la demanda con que habían acudido al Profeta. De pronto, tras de aquel, como solían llamarlo, «sermón sin palabras», sus quejas dejaban de tener importancia.

—Dichoso seas —solía despedirles Gelubezemil—. Que sepas encontrar en todos tus días ese brillo único, a veces triste, pero siempre pleno.

—¿Has acabado ya? —le gritaba entonces su madre, con tono refunfuñón. Porque había quedado agarrada a una de las asas del barreño y todavía quedaba un largo camino para llegar a su casa.

—Anda, que vaya ayuda que tengo contigo —acostumbraba a reprenderle la mujer.

No era Gelubezemil el único profeta que rondaba por aquellos pagos. No muy lejos de su aldea, tenía fama de habitar un hombre de aspecto extraño —iba apenas vestido con una túnica, andaba siempre descalzo, aferrado a un bastón, mostraba el pelo encrespado y la mirada como perdida, que no atendía a ninguna llamada—. Vivía en la espesura del bosque y algunos días, de pronto, se encaramaba a una peña del camino y con voz desgarrada

137

decía así: «¡¡¡Arrepiéntete, pecador!!!» al primer caminante que doblaba el recodo.

A lo que el caminante, la frente en tierra, prometía al profeta arrepentirse y contristarse en cuanto quisiera. «Oh, profeta». A cambio de ello le pedía el favor de que, en lo futuro, no se mostrara de aquella forma tan súbita y sorpresiva.

—El fin de los días ha llegado —seguía el profeta, encaramado en la peña, ajeno a todo—. El Señor va a derramar sobre vosotros su furia, hijos del pecado, porque le habéis desobedecido. Porque no habéis escuchado su voz ni cumplido sus mandatos. Porque habéis pisoteado sus frutos y mancillado sus obras, y habéis vivido en contra de Su Ley, pronto caerán sobre vosotros sus ejércitos de arcángeles con las espadas desenvainadas, y se abrirán los cielos y lloverá sobre vuestros campos un granizo incandescente, y unos dragones de fieras mandíbulas rasgarán las nubes y vomitarán azufre sobre vuestras casas, y unos dogos saldrán de la espesura y triturarán vuestros huesos, y a aquellos que aún queden con vida el Señor, sigilosamente, les enviará serpientes que succionarán su tuétano. Así acabará el Señor con vuestra maldad.

—Pero pensad un poco —tranquilizaba Gelubezemil al caminante que había ido a comunicarle, con comprensible temor, el advenimiento de la catástrofe. La voz del Sanador era escuchada también por todo el pueblo, que se había congregado en la plaza para ser consolado ante la inminente tragedia—. ¿Vosotros sabéis lo que costaría organizar todo eso? Y todo para, a fin de cuentas, castigar a unos sencillos y contingentes mortales. No, hermanos, no temáis. Porque, además, nunca puede ser justo castigar al hombre con el desastre y la aniquilación por no querer

138

ser sano, alegre y bueno. No hay delito merecedor de ese castigo.

—¿Ni siquiera...? —comenzó a preguntar, desde el fondo, uno de los reunidos, pero enseguida calló porque todas las cabezas se giraron hacia él. Aun sin haber acabado su pregunta, le respondió el Profeta:

—Ni siquiera ése, hermano, ni siquiera ése.

* * *

Además de aquel profeta barbiluengo y tronante, otros muchos pululaban por la región, cada cual más o menos moderado y pacífico. Entre estos últimos había adquirido especial fama uno que habitaba a unas cuantas millas de Mansegusí, y que todos señalaban como ejemplo de suprema virtud. No tenía Gelubezemil especial empeño en conocerle, pero azuzado, no obstante, por sus seguidores, que ya comenzaban a ser millares (alguno de ellos con el deseo íntimo y oculto de ver cómo el Sanador era derrotado por un profeta de virtud superior), concedió al fin Gelubezemil en visitarle. Lo que hizo una mañana de mayo. Y halló que el profeta de quien tanto hablaban moraba en un paraje desértico, a la boca de una gruta, sin mobiliario, menaje ni adorno alguno y con apenas los vestidos que reclama el pudor. A consecuencia de todo lo cual, el alabado profeta no tenía reparo alguno en declararse en la más alta cumbre de la felicidad, y aun de la sabiduría, pues había sabido desprenderse de todo lo superfluo, de todo lo accesorio, de absolutamente todo en realidad, y era en ese desprendimiento en donde radicaba la clave de la virtud.

Los peregrinos que habían acudido a observarle quedaban boquiabiertos, absortos y extasiados ante aquel prodigio de desasimiento, de carencia de ambición alguna, de renuncia suprema a todos los bienes. Sólo Gelubezemil observaba al santón con cierta sonrisa irónica. Habiéndole preguntado los más cercanos por qué sonreía así al oír hablar al iluminado, el Sanador les respondió: «Parece, sí, que este hombre se ha desprendido de todo y que no presta atención a las posesiones, pero yo encuentro, sin embargo, que algo obra en su poder, y no sin importancia, de lo que nunca se desprenderá ni querrá desprenderse». Los que estaban cerca y oyeron su discurso le preguntaron a qué se refería; y llegando el rumor a los oídos del profeta desprendido, éste pidió a Gelubezemil que se acercara y le mostrara qué cosa era esa que, al parecer, tenía y a la que sería incapaz de renunciar. Porque habían estado mirando por la cueva y palpándole las ropas y no habían hallado nada. «Os lo diré —accedió Gelubezemil—. Afirmáis que no os cuesta trabajo desprenderos de las cosas y que en eso radica la virtud, ¿no es cierto?». «Sí», concedió el profeta, algo escamado. «Pues bien, yo digo que tenéis algo por lo que antes moriríais que cedérselo a otro o abandonarlo en medio del camino». «¿Ah, sí?, ¿y qué cosa es esa?». «La razón», dijo Gelubezemil. Y ante el silencio que se produjo alrededor le preguntó al profeta: «¿Seríais capaz de decir que no estáis en posesión de la verdad, que renunciáis a ella y que no la queréis?» A lo que el santón le miró de forma oblicua y sus manos se crisparon hasta dibujar una garra.

A la vuelta de la cueva, rumbo a Mansegusí, el Sanador hablaba así a los que le habían acompañado a ver a aquel profeta:

140

—De todos los embacaudores y los criminales —decía Gelubezemil—, los peores son, sin duda, los virtuosos.

* * *

Al paso del Profeta se descubrían los hombres, flexionaban las rodillas las mujeres, interrumpían sus juegos los niños. Llevaba Gelubezemil el cabello muy largo, que le llegaba casi hasta la cintura, la barba fluvial, que se le desparramaba por el pecho, y las cejas muy pobladas.

—¿A dónde vas, oh Sabio? —le preguntaban los caminantes con los que se cruzaba.

—Pues voy aquí cerca –les respondía el Profeta—, a la barbería, a que me corten el pelo.

Bajaba el Profeta desde la aldea donde vivía con su madre hasta la ciudad de Abenejina, que en la lengua de nuestros ancestros significa: «Tierra de los recaudadores de impuestos». Cuando el Profeta entró en la ciudad, halló que estaban sus calles engalanadas, halló la vía principal poblada de gente, que se agolpaba a ambos lados de la calzada, y advirtió que, en las azoteas que daban a esta vía, se habían apostado bellas jóvenes con cestos en las manos, y dentro de ellos pétalos de rosas para dejarlos caer sobre, sin duda, una importante comitiva que a punto estuviera de recorrer el lugar. «Perdona, hermana —le preguntó el Profeta a una abenejinita, que se hallaba un tanto apartada del gentío—; ¿a qué obedecen, podríais decirme, todos estos preparativos, tanto adorno y tamaña gala?» «¿No sabéis?», le respondió la mujer, con cierta displicencia.

Los habitantes de Abenejina suelen mirar con cierta prevención a la gente de las tierras altas, en especial a los de Musfamuní y a los de Mansegusí.

141

Sin embargo, el ambiente de fiesta que se respiraba en la calle había hecho que los abenejinitas bajasen la guardia. Al fondo de la calle comenzaba a oírse ya un tumulto creciente.

—Hoy se casa el príncipe heredero y aquí llega, de vuelta del templo —le acabó de informar, entre dientes, la mujer, mientras allá al fondo, efectivamente, asomaba una carroza.

Al cabo de unos minutos de lenta marcha, la lujosa carroza pasó frente al Profeta. Era un carruaje tirado por hermosos caballos con bridas doradas, y escoltada por unos imponentes guardias a caballo que hacían andar a sus monturas con paso lento y, de vez en cuando, las hacían cabriolear entre la concurrencia, para alegría y admiración de todos los presentes. Sentados en la carroza, los recién casados saludaban, sonrientes, a la multitud, mientras los pétalos de rosa llovían desde las azoteas y reinaba un ambiente de extraordinario contento. Sólo aquella mujer a la que Gelubezemil había preguntado, apartada en un rincón, se mostraba sería y hasta cariacontecida.

—¿Qué os ocurre, mujer? —le preguntó el Profeta.

Pero la mujer le miró de arriba abajo y no dijo nada. Ya hemos dicho que entre los abenejinitas y la gente de las tierras altas existe cierto antagonismo.

—Decídmelo. En mí podéis confiar —insistió el Sanador.

Y entonces la mujer le confesó al Profeta que rezumaba de indignación al considerar de qué manera algunos pocos —los poderosos— disfrutaban de todo tipo de lujos y de honores, mientras el resto —los que no eran poderosos— había de llevar una existencia plagada de privaciones. Hervía

142

de furia al contemplar, día tras día, la injusta repartición del mundo. Y de esta injusta repartición podía verse, una vez más, la prueba en aquel desfile, en que el pueblo vitoreaba y aplaudía y los príncipes recibían el agasajo.

—Levantad los ojos, mujer —dijo el Profeta a la abenejinita—, y mirad a vuestro alrededor. Observad este hermoso espectáculo, lleno de color y música, mirad el alegre movimiento de la masa, el semblante gozoso del gentío, oíd los cantos y los aplausos y las risas. No me podréis negar que es un espectáculo precioso.

—No, no lo niego —dijo la mujer.

—Sin embargo, hay dos personas que están condenadas a no participar en él. Dos personas sin libertad para inmiscuirse entre el público y comportarse igual que el resto y difuminarse entre los demás —y como vio el Profeta que la mujer se le quedaba mirando con ojos brillantes, se apresuró a despedirse de ella, y dejarla con aquel consuelo.

—Un momento —le llamó la mujer, cuando ya el Profeta se alejaba por la callejuela vecina—; sólo una cosa. Sedme sincero. Si fuera cierto que, como decís, esas dos personas deberían sentirse desgraciadas respecto a nosotros, y si una de ellas, por ejemplo la princesa, se os acercara para pediros consuelo, ¿qué le diríais?

—Le diría —respondió Gelubezemil— que mirara a su alrededor. A todo este gentío que tiene fijados los ojos en ella. Le diría la verdad: que sólo ella puede disfrutar de ese privilegio y es motivo para sentirse dichosa.

Dicho lo cual, y sin aguardar la réplica de la mujer, el Profeta se perdió por la calle aledaña, camino de la barbería. Que no a otra cosa, al fin y al cabo, sino a cortarse el pelo había bajado a la ciudad de Abenejina.

* * *

Sin embargo, la gente seguía muriendo de forma súbita, en la flor de la edad, e incluso de niños; seguían produciéndose accidentes, propalándose enfermedades y aun desatándose cataclismos. Varios de los que estaban en torno del Profeta estimaron que todo eso era debido a que, de un tiempo allá, habían abandonado sus obligaciones para con los dioses, y ya no cumplían con los actos rituales, ni ejecutaban como era debido los sacrificios.

El Profeta, por aquel entonces, tenía cuarenta años de edad y seguía viviendo en casa de su madre. Ésta le insistía en que había llegado el momento de abandonar la casa y lanzarse a profetizar mundo adelante, porque hasta entonces eran los fieles quienes debían acercarse hasta Mansegusí si querían hablar o ver al Sanador. Esto le había granjeado, por parte de su progenitora, alguna que otra crítica, pero, ajeno a ellas, Gelubezemil apenas si se movía del lugar; y eran los fieles quienes debían desplazarse, quienes llamaban a la puerta de su morada y preguntaban a la madre: «¿puede salir el Profeta?» «El Profeta, el Profeta…» marchaba la anciana refunfuñando hacia el interior, para avisar a su hijo de que tenía visita. La mujer se hallaba ya cansada de ese género de vida, además de que andaba ya por los doscientos veinte años, dicen las Escrituras, y las labores del hogar se le hacían cuesta arriba. Pese a todo, Gelubezemil se resistía a abandonar el hogar materno porque, como una vez confesó a uno de sus fieles, «¿dónde iba a estar mejor cuidado?».

Entre los visitantes asiduos del Sanador y sus más queridos discípulos destacaba un hombre que se llamaba Meuzir. Este Meuzir era quien más insistía a su maestro en recuperar los antiguos usos y las viejas creencias de sus antepasados, a la vista de que con los nuevos modos seguía habiendo violencia en el mundo, muertes, enfermedades y otras muchas injusticias. A lo cual le replicó Gelubezemil que si, adoptando otras formas y venerando a otros dioses (o, como era el caso, sin venerar a ninguno), todos aquellas catástrofes seguían siendo las mismas, y en igual número, eso era señal de que los sucesos de la Tierra eran del todo independientes a los designios del Cielo, en caso de que hubiera tales. Que en la medida en que esos sucesos estuvieran en manos del hombre, debía hacerse lo posible por reglarlos, pero existían al fin imponderables que escapaban a cualquier forma de previsión. No obstante, y ante el gesto torcido que mostraban tanto Meuzir como otros que se habían sumado a su opinión, el Profeta no tuvo inconveniente en que, si era su gusto y los sacrificios pacíficos, retornasen a los viejos rituales e invocasen a los derrocados dioses. Meuzir y sus correligionarios reconstruyeron entonces los altares, y se impusieron privaciones, y predicaron a quienes querían oírles que hicieran acto de contrición y practicasen una vida piadosa.

Pasado el plazo de un año, volvió Meuzir ante la presencia del Profeta y le informó de cómo los accidentes, las muertes y las enfermedades no sólo no habían remitido, sino que en algunos casos había habido un recrudecimiento. Al oír esto (no esperaba Gelubezemil otra noticia), el Profeta le dijo a Meuzir: «¿Ves como nuestra fe o nuestro descreimiento no influye nada en el curso del mundo?» Pero Meuzir se mantenía en la opinión de que si los astros no habían escuchado sus plegarias era como castigo, en forma de indiferencia, por el largo periodo en que les habían ignorado. Que había que darles tiempo, en resumen, para que volvieran a sentirse adorados, y tuviesen a bien disculpar el anterior desapego, y comenzasen a obrar.

Al año siguiente, en que las cifras apenas se movieron, le dijo Meuzir al Profeta que aún era pronto para que los dioses hubiesen aceptado las disculpas. Pero muchos de los que habían seguido a Meuzir comenzaron a dudar de él y retornaron a las recomendaciones del Profeta, mucho más laxas, y tachaban a aquel otro de involucionista.

Sucedió, sin embargo, que corriendo el tercer año desde que Meuzir y sus acólitos retornaron a los viejos cultos, una gran epidemia se abatió sobre la región, de lo que muchos pueblos y aldeas se vieron diezmados, y hasta en la ciudad de Abenejina perecieron aquellos bellos y alegres príncipes a cuya boda había asistido, no hiciera mucho, Gelubezemil. Asolados por la tragedia, muchos de los que habían abandonado a Meuzir retornaron a su bando y comenzaron a tildar al Sanador de sedicioso, sublevador y revolucionario.

Después de haberse retirado a la soledad del desierto para recapacitar sobre la manera de calmar la cólera de lo Alto, volvió una mañana Meuzir y proclamó a la gente que se agolpaba en torno de él que los dioses le habían hablado. «¿Y qué os han dicho?» clamaba la concurrencia. A lo que Meuzir les respondió que, siempre según los dioses, muchos de los males que les habían sobrevenido tenían su causa en que los sacrificios que practicaban eran demasiado leves, apenas perceptibles, y que debían volver a las inmolaciones de antaño, con derramamiento de sangre, profusión de vísceras y un holocausto de bueyes flexípedes con los cuernos bañados en oro, que de este modo solían resolver estas cuestiones los antiguos. Se sacrificaron, en virtud de este consejo, cientos, miles, millones de animales, y los más exaltados llegaron a poner la mano sobre sus semejantes, pero con todo ello sólo consiguieron que el mundo volviese a la desastrosa normalidad de la víspera. «Hace falta —rugía Meuzir, encaramado a una roca— que hagamos un sacrificio supremo, que ofrendemos a los dioses aquello que más amamos».

Preguntó un pastor qué era aquello que más amábamos. Y la mirada de Meuzir se dirigió hacia la casa en que habitaba el Profeta.

* * *

Muchos son los testimonios que en las *Andanzas del Profeta* se siguen sobre este día infausto. Sacado por la turbamulta de su casa, fue Gelubezemil amarrado a un poste y allí le comunicaron lo que iban a hacer con él, y el supremo sacrificio que se les exigía en la persona de quien, hasta hacía poco, más habían amado. Aquel a quien las madres seguían admirando y a quien mucha gente de otros pueblos todavía acudía a visitar. «Vos habéis sido el más amado de la región y vuestra sangre calmará, sin duda, la cólera divina», bramaba Meuzir.

—Bueno, bueno, ya será menos —hablaba Gelubezemil a la horda—, vais a ponerme colorado. Decid la verdad: yo tampoco soy tan querido.

—¿Cómo que no, maestro? —le replicó Meuzir—. Vos habéis sido para nosotros guía de comportamiento, ejemplo de virtudes, y por eso os amamos con todas nuestras fuerzas.

—Nada. No me lo creo. Eso lo dices por quedar bien.

—Que no, maestro. Es rigurosamente cierto.

—Bah, me estás adulando.

—Que no, que es verdad.

Y así, por tres veces seguidas, afirmó Meuzir su amor por el Profeta. Y la masa se encontraba ya prendiendo, entre lágrimas, varias teas, cuando Gelubezemil clavó la vista en su progenitora, que se hallaba a la puerta de su casa, y le gritó:

—Madre, hablad vos. Contadles cuántas veces habéis renegado de mí y me habéis llamado parasito, vago, cucharero, fondón, y otros muchos insultos. Repetid eso que decíais que estabais harta de tenerme en la casa y no veíais el momento de perderme de vista.

—Bueno, hijo mío —le respondió la madre—, ésas son cosas que se dicen por decir.

—No eran por decir, madre. Lo afirmabais en serio.

—No sufras por ello, Gelubezemil. ¿Qué madre, en el fondo, no quiere a su hijo?

Y unas mujeres que habían permanecido fieles al Profeta, viendo lo que estaban dispuestos a hacer con él, compadecidas se arrojaron a sus pies y vertieron ríos de lágrimas, y en tono suplicante se dirigían a los exaltados para pedirles que no allegaran más ramas, ni prendieran más teas. Porque era mucho el amor que ellas profesaban a aquel hombre.

—Haced el favor vosotras —les decía el Profeta— de no enredar.

Pero apenas si se oía ya su voz entre el crepitar creciente de las llamas. Cuentan las *Andanzas* que, entre las muchas exhortaciones y consejos que prodigó en aquel instante, las últimas palabras que aquellos que estaban más cerca pudieron oír del Sanador fueron: «Bueno, ya está bien de tonterías». Y son estas palabras, precisamente, las que han quedado como representativas de su doctrina y las que todos consideran el culmen de sus enseñanzas.

* * *

Cuentan, a manera de epílogo, las *Andanzas del Profeta* que, después del sacrificio de éste, volvió a haber enfermedades, pestes y hambrunas. Meuzir, que ocupaba en el corazón de las gentes el lugar de Gelubezemil, predicó entre ellas que, no obstante, y gracias a la expiación que habían hecho en la figura del Sanador, estos males no eran excesivos ni se cebaban en la región como, de otro modo, hubiese ocurrido. Y como era posible que, el día de mañana, sucedieran otros cataclismos debido a la inevitable relajación de las costumbres, estableció Meuzir, arrogado ya el papel de Elegido, que aquel que no observase los rituales ni participase en las ceremonias como era debido recibiese en castigo de veinte a cincuenta latigazos, según su sexo, edad y complexión. Con todo lo cual le temieron mucho en la región y acabó por volverse odioso a los ojos de la gente.

La figura de Gelubezemil, entretanto, establecida ya como lustral, como curativa y como benefactora, se fue expandiendo por los pueblos hasta cubrir, como os digo, toda aquella región más allá del horizonte, la otra porción del mundo en que se oculta la Luna...

Hemos olvidado cómo aparecería el mundo a los ojos de una persona que no hubiera conocido el miedo.

Heidegger

¡Apartad al capitán Schell de las mujeres!

La nave espacial *Rx224-T18*, en la nomenclatura oficial —*Brittany*, según constaba en uno de sus laterales—, entró en el astropuerto y fue siguiendo las indicaciones de la torre de control hasta situarse justo sobre la vertical del espacio que le habían asignado. Tras del amplio ventanal del recinto, nadie de quien en aquellos momentos se encontraba atareado en diversos quehaceres prestó la menor atención a la maniobra. Eran, en su mayoría, viajantes de comercio interestelares, sufridos trabajadores a los que se les había asignado una galaxia y debían recorrerla de puerta en puerta ofreciendo, a la señora de la casa, una demostración de la vaporeta o de las excelencias del tupperware. Algunos de ellos mostraban síntomas de cansancio. «No os quejéis tanto», les reprendía un marroquí que acababa de recorrerse Mercurio, doscientos y pico grados a la sombra y ni una brizna de aire, con cuatro alfombras al hombro; y se sumaba a él un negro que venía de patearse Saturno, cuatrocientas veces la gravedad terrestre, cargado de radiocassettes, relojes y gafas de sol. Pululaban también por los pasillos de tránsito secretarias que trabajaban en otros sistemas solares pero tenían jornada partida y aprovechaban el lapso para ir a casa a comer. Junto con ellas, nuevos ricos que no habían podido resistirse al embrujo de la publicidad y habían trasladado su residencia a un chalecito de las afueras, «en plena naturaleza», «a solo quince minutos de la Puerta del Sol», repetía el ejecutivo, con cierto enfado, cada vez que dejaba atrás Urano. Todos aquellos individuos eran habituales de los astropuertos —más que habituales, crónicos— y no prestaron la menor atención a la llegada de una nave más, de entre millones como habían visto, ni a otra maniobra de descenso, de las cuales estaban francamente saturados.

¡Cómo iban ellos a adivinar que, en el interior de aquella nave de apariencia vulgar y con alguna que otra abolladura en su chapa, estaba arribando, en posición decúbito supino, la respuesta a la gran pregunta, a la eterna cuestión que, desde siempre, ha preocupado a la Humanidad!:

¿De dónde vienen los niños?

¿Qué padre, con un mínimo de pudor, no se azara e incluso se sonroja cuando su retoño le hace, de pronto, esta pregunta? ¿Quién no mira, en apurada petición de socorro, a su cónyuge, esperando que tenga preparada una buena respuesta? Pocos serán los que, al final, dispongan del coraje de tomar a su hijo del hombro, o hacerle sentar en una silla, y le suelten la cruda realidad:

—Hijo mío, los niños se bajan de internet.

En su lugar, preferimos contarles una sarta de fábulas coloristas: que si crecen bajo los árboles, que si los traen las cigüeñas en su pico, que si los regala el director de nuestra sucursal bancaria cuando hacemos un ingreso superior a mil eíces… Entendemos que no están preparados para asumir la verdad, grosera y soez, el hecho de que, cuando dos personas deciden unirse, reciben por parte de la autoridad una acreditación que les faculta para tener tal o cual número de descendientes —de 1 a 4 vástagos, en razón de sus ingresos monetarios—, entre los 20 y los 50 años de vida. Una vez el acreditado, en ese intervalo de tiempo, decide hacer uso de su derecho, entra en internet, introduce el código secreto que figura en su cartilla, valida los datos y pulsa enter... y ya no digo más, porque todos conocemos la cantidad innumerable de chistes —fáciles, por otra parte— que se han hecho a lo largo de la historia a propósito de este simple movimiento.

Pulsado el enter, la orden es recibida por los Servicios Centrales de Reproducción, que ponen en marcha su inmensa maquinaria. La ciencia actual cuenta con todos los medios, desde el dominio del ADN hasta el control del ADSL, desde el secreto de las enzimas hasta el arte de las conexiones wi-fi, para, cuando la demanda de un acreditado se recibe, poder actuar con la máxima diligencia y en el plazo más breve posible. Se mezclan entonces en el laboratorio —cámaras de conservación de fluidos, probetas, matraces, microscopios, vasos de precipitado— los diversos componentes —ácido desoxirribonucleico en polvo, hidrógeno, oxígeno y amoniaco, básicamente—, se introduce una información genética previamente depurada, se somete al embrión resultante a un proceso de gestación express y, a los pocos días, la pareja de acreditados recibe en su domicilio, contra reembolso, una criatura recién nacida.

Parecido proceso conlleva la creación de animales. Hoy en día, la ciencia reproductiva, combinada con la estadística, ha permitido que el mundo no esté habitado por más especies y, dentro de ellas, por un mayor número de ejemplares que los imprescindibles. Tenemos, por ejemplo, las vacas justas para alimentarnos y producir

153

leche suficiente, ni menos ni más, para que no anden estorbando por las praderas, interrumpan el tráfico en las carreteras de montaña, estraguen la verdura de los campos o permanezcan ociosas contemplando el paso del tren. Si, por lo que fuera, se precisaran más vacas, fácil sería crear, en apenas unos días, el número preciso. Lo mismo cabe decir de los conejos: los tenemos contados para practicar la caza, alimentar a las rapaces o cocinarlos al ajillo, pero nunca tantos que agujereen las tierras o acaben estropeando los sembrados; pasa igual con los cerdos, con los patos, con las cabras e incluso con los animales de la selva: vamos creando leones, tigres, elefantes o panteras según lo solicite un circo, un zoo o una productora de cine para un documental sobre vida salvaje. Y cuando haya acabado su utilidad... en fin, se reciclan.

El mismo método y control seguimos con las plantas, las flores, los arbustos, y hasta con las mariposas y los caracoles, que, en un número excesivo, pueden llegar a resultar molestos.

En todo caso, estamos hablando del procedimiento, podría decirse, exterior, del proceso (re)productivo. Del intríngulis de la vida, de la esencia en razón de la cual unos seres originan otros casi iguales, poco o nada sabemos en realidad. Somos capaces de crear de la nada —mejor dicho, de raíces de plantas y minerales alcalinos— el ácido proteico, podemos envasar y dosificar los genomas, obtener sintéticamente cualquier grupo cromosomático, generar, en fin, cualquier bicho y tan grande como se nos ocurra, pero, en el fondo, no entendemos por qué hay que obrar así. Somos peritos en una ciencia cuyo principio básico desconocemos. Como quien maneja un ordenador y a través de él organiza su vida, pero no entiende el 0-1

154

primordial en que se sustenta todo el sistema binario. O como el que apuñala a un semejante y no sabe que muere por una hemorragia generalizada, un fallo masivo del hígado, el píloro, el páncreas... Sabe que muere y ya está. Lo mismo nos ocurre a nosotros con el ADN: lo reproducimos, lo tergiversamos, lo comprimimos y lo extendemos, sabemos que así se produce la vida y ya está. Sin embargo, ignoramos cómo se empleaba originariamente, de qué glándulas de los seres se extraía y por qué medios, dónde se conservaba, de qué forma se transmitía... O lo que es lo mismo, ¿cómo demonios se las apañaban los seres vivos, antes de la gran revolución biológica, para reproducirse?

Iba a decir que nada se sabe a este respecto, pero no es enteramente verdad, porque conservamos una vaga noción, algo así como el inconsciente colectivo o la memoria de la especie, en virtud de la cual sospechamos que esta cuestión de la progenie ha de dilucidarse, en último caso, de la unión de un ejemplar hembra y uno macho. Es lo que la tradición denomina «cópula», y es una lástima que se haya conservado sólo la palabra y se hayan perdido las instrucciones. A lo largo de todos estos siglos, mediante la experimentación, es decir, juntando en el mismo recinto a ejemplares hembra y macho de las diversas especies del mundo animal, se ha intentado reproducir el fenómeno de la cópula citada, pero ninguno de estos experimentos ha dado el resultado apetecido. Después de tantos milenios en que la reproducción se resuelve por medio de la biogenética, es evidente que también los animales, sin excepción, incluidos los insectos, han perdido el instinto de apareamiento, fuera lo que fuese que este instinto les obligaba a hacer.

En este sentido, recordarán los lectores el experimento que recientemente llevó a cabo el doctor John Fredericson, investigador danés que, harto de contemplar cómo perros y perras, gatos y gatas, caballos y yeguas, conejillos y conejillas de Indias, se observaban entre sí sin interactuar de ninguna forma, decidió experimentar en carne propia. El día 12 de febrero del año pasado se encerró con quince hembras humanas de entre 20 y 30 años de edad en un espacio reducido, a una temperatura idónea, con unas condiciones de humedad y presión constantes, surtido de alimentos y bebidas para un mes. Y todos ellos desnudos, porque en el inconsciente colectivo se conserva también la idea de que estas cuestiones reproductivas, quién sabe por qué, es mejor resolverlas sin ropa. Es lo que se dio en llamar «la prueba de Fredericson», prueba que lamentablemente —así se vio en el circuito cerrado— concluyó sin ningún fruto.

—Pero Fredericson...—le reprocharon sus colegas científicos a la salida de la prueba.

—Es que no sabía qué decirlas —se disculpó el investigador danés.

La principal línea de investigación en la búsqueda de nuestro ancestral reproductivo se ha centrado en los (pocos) documentos escritos que hemos conservado de los viejos tiempos, antes de la Digitalización. Se han tomado de entre estos textos las viejas novelas galantes de los lejanísimos siglos XVIII y XIX, pero en ellas, como acabó confesando un investigador, se narra la coyunda de un modo tan fino, con tantos símbolos, elipsis, símiles y sobreentendidos, dejando a la pareja a la puerta del dormitorio y saltando

156

luego al capítulo siguiente, que al fin uno no se entera de nada. En parecida pero contraria forma —ahora mismo me explico—, los textos supervivientes de los siglos XX y XXI cuentan el acto de tan lúbrica manera y con tamaña detención en los detalles corpóreos, en el sudor, la saliva, el pelo y la hoy extinguida blenorragia, en el calor, el olor, el tacto y tal o cual dureza, que el lector, al término de las páginas, no logra ver el conjunto final.

—Está todo muy confuso, pero seguimos investigando —declaró recientemente el doctor Vernom, con ocasión de recoger el Premio Nobel en Ciencias Pornográficas. Una vida entera dedicada al estudio.

No obstante las palabras esperanzadas del doctor, hace ya, en realidad, bastante tiempo que el asunto se ha dejado por imposible, o mejor dicho, por irresoluble. Se criaran como se criaran antiguamente, eso ya constituye lo que llamamos «el secreto de Adán».

Hasta que llegó la *Brittany* del espacio exterior.

* * *

Sólo dos personas de las que en aquellos momentos pululaban por el astropuerto prestaban atención, la nariz prácticamente pegada al cristal del mirador, al descenso de la nave. Uno de ellos se llamaba Bernard y era el armador de la *Brittany*. Podía distinguírsele desde lejos por su traje típico de armador: sombrero de ala ancha tocado con una pluma, casaca en tonos dorados, mallas ceñidas a las piernas y chapines negros de charol.

A su lado se encontraba Evelyne, su única hija y prometida de Schell Maning, el piloto de la *Brittany*. La historia del noviazgo entre Evelyne y Schell resulta altamente

157

original, juzguen si no: Bernard, el padre de la muchacha, es un armador de astronaves; pese a lo rimbombante de tal oficio, la astronaviera de Bernard es, sin embargo, de tamaño medio, más bien humilde. Aunque en tiempos conociera épocas de esplendor, a fecha de este relato sólo conserva una astronave de su pasado emporio: la *Brittany,* con la que practica el cabotaje por las lunas de Júpiter. Pese a las vacas flacas, Bernard está contento: ha encontrado en Schell, el capitán de la *Brittany,* un empleado leal, un hombre honradísimo, un piloto de ley y hábil como el que más. Esto le llena doblemente de satisfacción, porque el armador conoce a Schell desde que éste era apenas un grumete y porque con sólo dieciocho años le había confiado el mando de su única posesión. «Aquí tienes, muchacho, las llaves de la *Brittany».* Y Schell no le había fallado. A sus veinticinco años, ya había obtenido el título de capitán. Era por esto y por todas las virtudes que adornaban a su piloto por lo que Bernard había no sólo consentido sino celebrado el futuro matrimonio de aquél con su única hija, la bella Evelyne.

—Pronto serás la señora de Maning —le decía el armador a su hija, tomándola de la mano, en las largas noches en que ambos esperaban con anhelo, sentados frente al fuego, el regreso del «buen Schell».

Fue por aquella época cuando al piloto comenzaron a sucederle «esos extraños episodios».

—¡Vamos! —dijo Bernard a su hija cuando la *Brittany* tocó tierra. Ambos echaron casi a correr por los pasillos del astropuerto.

El primer incidente ocurrió en Io. La *Brittany* había llegado hasta esta luna de Júpiter con un cargamento de estatuas de mármol y bronce que un ricacho se había hecho tallar para su mansión de recreo. Las estatuas estaban realizadas siguiendo el patrón antiguo, el de la Grecia y la Roma preterhistóricas, y Schell se encontraba supervisando la descarga de todas estas figuras, treinta y cuatro exactamente, de las bodegas de la nave al muelle. Pesaban bastante y, en un momento determinado, una copia de una Venus, fabricada en bronce, amenazó con escurrirse de entre las manos de los operarios y caer al suelo; entonces Schell, con rápidos reflejos y obviando su capitanazgo, se sumó al grupo de sudorosos cargadores en su intento de enderezar y volver a asir bien la estatua. La tomó para ello de las nalgas, y fuera —declaró después— por lo redondo de las formas, por lo caliente del metal que brillaba desde hacía un rato al sol, o por lo terso de la superficie broncínea, el caso es que notó entonces como si se le saliera una tripa, como si alguien, con mano misteriosa, le tomara a él asimismo de las nalgas y le estrujara para extraerle los intestinos, como si toda la sangre se le concentrara de pronto, y con un creciente cosquilleo, en apenas unos centímetros cuadrados.

Se miró hacia el punto en que se notaba raro y advirtió que la tela de su uniforme de piloto se elevaba cosa de un palmo sobre el plano usual.

Alarmados por la repentina palidez que se había apoderado de las facciones del capitán Schell —francamente asustado por el incidente—, los operarios que estaban descargando la mercancía dejaron ésta en el suelo y se arremolinaron en torno al capitán, que ya por entonces se había desabrochado el uniforme por la parte del repentino bulto y había sacado al exterior el órgano afectado. Los quince o veinte descargadores cerraron el corro alrededor de Schell, sin quitar ojo, entre asombrados y aprensivos, a aquel miembro inflamado que iba tomando cada vez tonalidades más rojas. El propio dueño de la casa, el ricachón aquel para el que estaban descargando las estatuas, intrigado por el revuelo, se acercó a ver qué pasaba.

—Pero ¿cómo se ha hecho usted eso? —exclamó al ver al capitán.

La misma señora de la mansión se abrió paso entre la concurrencia y acabó por plantarse, como quien dice, a unos centímetros del objeto en exposición.

—¿Le duele a usted, joven? —preguntó al capitán.

—Doler no, pero parece que me va a explotar —repuso Schell, un tanto cohibido por ser el centro de todas las miradas.

—No me extraña, miren ustedes cómo tiene esta vena —y puso la señora su dedo sobre el punto citado y lo presionó un poco, para que todo el mundo apreciara lo que estaba señalando.

—¡Oh! —exclamaron al unísono los descargadores.

—Espere usted aquí, joven —dijo la dueña de la casa—, que voy al botiquín a por un poco de alcohol para darle unas friegas.

Bernard, el armador, y su bella hija Evelyne llegaron a las puertas que daban acceso a las pistas; allí un guardia les cerró el paso. «Por favor —le rogó Bernard—, mi empleado...» Pero el guardia se mostró inflexible. El armador y su bella hija hubieron de contemplar por encima del hombro del guardia cómo la compuerta de la *Brittany*, una vez terminada por completo la maniobra de aterrizaje, se abría y Guido, el segundo de la nave, descendía por la escala y marchaba hacia ellos.

160

* * *

Varias semanas después de aquel extraño accidente en Io, cuando Schell todavía no se había recuperado de la impresión, tuvo lugar un segundo episodio. Esta vez fue en Altaïr, en el límite del universo conocido; la *Brittany* había llegado hasta aquellas regiones para entregar ciertos materiales, en su mayoría sanitarios, con los que los colonos podrían llevar poco a poco una vida normal. Para agradecer su contribución al progreso, los altaíritas obsequiaron a Schell y a la tripulación de la *Brittany* con una cena de gala, consistente en ostras con champán de entrante, espárragos con aguacate de primero, trufa con nuez moscada de segundo, y de postre fresas con chocolate bien espolvoreadas de canela.

A medida que fue avanzando la comida, Schell —quienes estaban a su lado pudieron advertirlo— se fue mostrando progresivamente turbado, confuso, pálido hacia el final. Al punto de acabar las fresas, de repente experimentó un estertor y —«¡no!, ¡otra vez no!», gritaba— cayó de bruces sobre la mesa. Los comensales y camareros enseguida se arremolinaron en torno de él y, a instancia del *maître,* le tumbaron encima de una mesa y le aligeraron de la ropa allá donde Schell se quejaba y un enorme bulto parecía pujar por romper el pantalón. Todos se quedaron contemplando, con preocupación, aquella emergencia, hasta que el *maître* mandó a uno de los camareros a la cocina a por agua oxigenada.

—¡No! —balbució Schell.

—¿Por qué no? —preguntó el *maître.*

—Escuece —respondió Schell.

—Bueno, pues entonces tráete —ordenó el *maître* al camarero— un poco de zumo de limón para desinfectar.

* * *

—¿Cómo ha ocurrido esta vez? —preguntaron, casi al unísono, Bernard y su hija cuando Guido pasó el control y llegó junto a ellos.

Desde entonces, cada vez con más frecuencia, el capitán Schell sufría de «accesos turgentes». Así los calificó un doctor que, como tantos otros colegas que habían visto al enfermo, no acertaba a comprender la naturaleza de aquel tipo de hernia. Era cierto que remitía con el tiempo, al cabo de varios minutos, a veces horas, cierta vez llegó a días, y que no parecía dejar secuelas... salvo las psicológicas, por supuesto. Porque tanta fue la obsesión que se desarrolló en Schell por aquellos accidentes que le sobrevenían en el momento más inesperado —al percibir súbitamente un olor, al gustar de una comida, a veces al simple roce de otra persona—, tal era su preocupación que pronto comenzó a sentirse acobardado. Empezó a sentir miedo de viajar, miedo de tener contacto con los demás, miedo incluso de salir a la calle. La relación con Bernard y su hija se fue llenando de silencios, de miradas esquivas, de largos ratos sentados en el sofá con la cabeza entre las manos. «¿En qué piensas?», le preguntaba alguna vez Evelyne, con tono cariñoso. Pero ¿cómo decirle a su prometida, a la bella hija del armador, lo que en aquellos momentos estaba pensando?: hacerse grabar una chapa que colgarse al cuello donde dijera, para aquellos momentos en que el suceso le llevaba a perder la consciencia: «Por favor, no me echen nada sobre la inflamación».

162

—¿Cómo que no? —opinó, pese a la placa, una señora de busto prominente en cuya casa Schell se había desmayado—; rápido, hervid un poco de agua. Trapos. Yodo.

—Estábamos acercándonos a Mercurio —les explicó Guido—, habíamos solicitado permiso para acceder a su astropuerto y, una vez concedido, la controladora espacial se puso al habla con nosotros a través de los auriculares para guiar al capitán en la maniobra. «Todo recto —comenzó a decir—; así, muy bien. Siga. No pare. Siga. ¡Qué bien lo está haciendo usted, capitán! Así, más fuerte. Ya está entrando en mi espacio aéreo. Ahora más rápido, con más potencia...» De pronto, oigo un golpe y me encuentro al capitán en el suelo, aferrado a los cascos, y el bulto donde ya es habitual.

Entretanto, ya los camilleros del servicio médico, a quienes Guido había avisado, corrían por los pasillos, pasaban el control y, guiados por Guido, entraban en la *Brittany* para evacuar de ella al malhadado capitán.

* * *

Dijo el doctor que le atendía:

—Lo que necesita es reposo. Mucho reposo. Hay que procurar que nada le perturbe. Por eso, ya me disculparán que les restrinja el horario de visitas.

—Confiamos plenamente en usted, doctor.

—No se preocupen, en este hospital estará cuidado perfectamente. Vamos a establecer varios turnos para tenerle vigilado las veinticuatro horas, y unas enfermeras estarán dedicadas casi en exclusiva a él. Mire, precisamente aquí vienen.

En efecto, justo entonces habían entrado en la habitación, para controlar el gotero del enfermo, mirarle la tensión y tomarle la temperatura, dos jóvenes como de veinticinco años, agradables ambas a la vista, si hay que decir verdad. Pero ni Bernard ni Evelyne, que escuchaban al doctor con preocupación, estaban para aquellos detalles estéticos.

—¡Cuide usted bien de nuestro Schell! —le rogaron al doctor cuando éste, muy amablemente, les invitaba a abandonar ya la habitación—. No repare en gastos.

—Marchen tranquilos. Aquí queda en las mejores manos. Ya verán como mañana, después de una buena noche de descanso, se encontrará mucho mejor.

Schell, a todo aquello, se hallaba *groggy,* sedado, como en una nube. Largo y confuso sería describir las imágenes que poblaban sus alucinaciones, sobre el fondo sonoro de la controladora espacial de Mercurio invitándole a acercarse e introducirse en su área de influencia. Serían las dos o dos y media de la mañana cuando, acuciado por la sed, pulsó el timbre sobre su cabeza para que acudiese alguien a atenderle. Llegó al momento una de las dos enfermeras, la de pelo moreno, quien al oír el ruego que, con la boca zarrapastrosa, le hacía Schell, se apresuró a llenar un vaso de agua y, tomando al enfermo de la nuca con una mano y sujetando el recipiente con la otra, le ayudó a beber un largo trago.

—Muchas gracias —dijo Schell.

—Es que hace mucho calor en esta habitación —dijo la enfermera, y se dirigía ya hacia la ventana del cuarto, con ánimo de entreabrirla un poco, cuando la segunda enfermera, de pelo rubio, entró y la detuvo con un seco chistido.

—¿Qué vas a hacer?

164

—Abrir la ventana. Hace mucho calor aquí dentro.

—Pero no se debe abrir la ventana de la habitación de un enfermo, sobre todo por la noche, cuando está durmiendo. Puede resfriarse.

—Pues tú me dirás, porque el aire acondicionado no funciona.

Y la del pelo moreno, sin duda producto del agobio de saberse en medio de la noche cálida y sin aire, se desabrochó un par de botones de la bata.

—Fíjate, estoy empapada.

En efecto, debajo de la bata su piel, bronceada en largas tardes en la playa, se mostraba perlada de pequeñas gotas de sudor. Se pasó la enfermera morena la mano por el espacio entre los dos pechos y la mostró a continuación como una evidencia. «Mira, no exagero». La rubia se acercó y puso, para comprobar por sí misma la temperatura del cuerpo, su mano entre los senos de su compañera, unos senos que, a todo aquello, aunque encerrados en el sujetador, se habían escapado ya del abrazo de la bata.

—La verdad es que hace mucho calor aquí, yo también estoy sudando —y la rubia, a su vez, se desabotonó la bata hasta la altura del ombligo, con lo que sus pechos, como en el caso de su compañera, llenos, erguidos y pujantes se asomaron al exterior. Sólo que la rubia, para mejor demostrar su afirmación, llevándose las manos a la espalda, se desabrochó el sostén, lo hizo descender por los brazos y bamboleó luego sus senos, repetidas veces, para que su compañera viera de qué forma se desprendían de ellos gotas de sudor. Después se los tomó con las manos y, alzándolos un poco, se los acarició distraídamente con las yemas de los dedos.

Su compañera, que también había liberado sus pechos, grandes y rotundos, de la opresión del sujetador, se acercó a ella, la tomó firmemente de los senos con ambas manos y se agachó un poco para meterse uno de los pezones en la boca. Recorrió unos segundos con la lengua la gran aureola y dictaminó al fin: «Es sudor, efectivamente, está salado», y añadió, quizás por quedar encima de su compañera en materia de sofoco: «Fíjate hasta dónde me llega a mí el sudor», y sentándose en una silla próxima, se abrió de piernas, se ahuecó la braga con una mano y con la otra separó sus labios mayores…

Un profundo quejido las sacó de las comparaciones en que estaban abstraídas. Había sonado como un estertor. Se volvieron hacia la cama del enfermo y encontraron a éste desmayado, el rostro contraído en un horrendo rictus y allí, en el punto del que provenía su enfermedad, vieron la sábana rota, rasgada por una enorme potencia emergente que parecía haber cobrado vida propia y había estado pugnando desesperadamente por liberarse de su prisión, salir al mundo, encontrar un orificio.

* * *

—Cinco minutos nada más —dijo el doctor a Bernard y a su bella hija Evelyne.

La habitación estaba en penumbra. Se oía el tenue borbotear del suero y el oxígeno, y el ritmo monocorde del monitor al que estaba conectado el enfermo. Schell se hallaba tumbado boca arriba, en postura rígida, ambas manos atadas con cinchas a los laterales de la cama «para que no atente contra sí mismo», les había dicho el doctor. Al entrar en la habitación el armador y su hija, el capitán les dirigió una mirada lánguida, vidriada de sufrimiento y que movía a la conmiseración. «Oh, Schell», exclamó Evelyne, y no pudo evitar, pese a las recomendaciones del doctor, acariciarle el rostro con ternura. El capitán, que apenas si podía articular sonido a causa de su postración, le dirigió a la mujer una mirada aún más lastimera, que luego desvió hacia sus cinchas.

—¡No! —se apresuró a decir Bernard, que había notado la dirección de la súplica.

—Por favor —masculló el capitán.

—No puede ser. El doctor ha insistido especialmente en que...

—Padre —le interrumpió su hija—, es un acto de caridad. Suéltele usted las manos. Cuando salgamos, le volvemos a atar, pero déjele al menos estos cinco minutos.

Y sin esperar el asentimiento de su padre, movida de su amor y de su altruismo, la bella Evelyne procedió a desatar a su prometido. Éste, apenas se vio libre de las ligaduras, hizo señas con los dedos a la visita para que se acercara a abrazarle. El armador fue el primero que acudió a estrechar a su subordinado entre sus brazos, pero el enfermo, que parecía estar recobrando fuerzas a ojos vista, aceptó el abrazo con displicencia y los brazos caídos.

—No, usted no —le murmuró a Bernard cerca del oído; y una vez que estuvo libre de nuevo, volvió a tender los brazos, esta vez nítidamente, hacia la bella Evelyne, quien acudió presta a hundir la cabeza en su pecho.

—Oh, Schell —suspiró.

El capitán se fue incorporando en la cama poco a poco, hasta que estuvo sentado con la espalda recta, sin aflojar en ningún momento el abrazo sobre Evelyne, a quien cubría de besos fervorosamente, prolijamente, insistentemente.

—Oh, Schell —suspiró de nuevo la bella cuando el capitán la hizo descender, entre besos y caricias, hacia el lecho, y una vez allí, de grácil maniobra, la tumbó boca arriba, la espalda contra el colchón, las piernas extendidas.

—Schell —volvió a suspirar Evelyne cuando su prometido, con no menos gracilidad, comenzó a tantear su ropa en busca de broches, cremalleras, corchetes...

Momento es éste propicio para describir la vestimenta de la bella Evelyne. Vestía la mujer el traje típico de hija de armador: cofia en la cabeza, blusa con escote recto, en tela de seda, abrochada por detrás con apenas dos botones, y falda tableada que se cerraba a un lado, con amplia abertura para facilitar los movimientos de sentarse y caminar.

Bernard, el armador, asistía atónito a toda la escena entre el capitán y su hija. A punto estuvo en cierto momento de pulsar el timbre o de llamar a gritos a los celadores para que acudiesen a librar a su Evelyne de aquello que parecía un asalto violento. Sin embargo, acabó por quedar quieto y boquiabierto, fascinado es la palabra, subyugado por aquella curiosa y nunca vista danza, o algo parecido, en que su hija, aún con cara de asombro, y Schell, con rostro extraño, se habían enfrascado. Un baile insólito en el que los ejecutantes parecían no tener el menor empeño en moverse del lugar, un baile donde todo se iba en amagar un giro, un salto o una pirueta y en el último momento no realizarla, pero insistir en ello y no cejar, insistir y no cejar...

—¡Qué cosas! —acertó a exclamar al fin, tras un largo rato de observación.

El éter

—¿Estás ahí? —requirió una voz honda, cavernosa. Quien con tanto énfasis había preguntado era una mujer oronda y como de sesenta años, que lucía cabello encrespado, maquillaje profuso, abalorios que le recubrían casi por completo el cuello y las muñecas, y sin otro vestido que una túnica blanca. Túnica que, y podrá parecer mentira, le quedaba algo estrecha y ceñida al cuerpo, sobre todo a la altura del pecho, tamaña era su generosidad de carnes.

—¿Estás ahí? —insistió la mujer con los ojos cerrados, profundamente concentrada.

Se hallaba sentada en mitad de una sala en penumbra, iluminada apenas por una exangüe luz que cuatro velas vertían desde los rincones. A tan escasa claridad, Alberto podía vislumbrar el espesor suntuoso de las telas y tapices que cubrían las paredes, y la batahola de antiguallas barrocas, objetos religiosos y retratos en sepia que fatigaban los muebles. Desde sendos pebeteros, cinco palos de sándalo exhalaban un humo denso y dulce sobre la habitación, y un gato negro, se diría que permanentemente encorvado, saltaba con suprema lentitud de un mueble a otro, rozando con su lomo jarrones y extrañas figuras de porcelana, sin llegar a tirarlas.

—Repito: ¿estás ahí? —la mujer ahuecó la voz todavía más.

Alberto, superada la primera impresión del sitio y lo solemne de la ceremonia, se encontraba completamente distraído observando cómo el gato recorría con morosidad la habitación. El animal parecía calcular detenidamente cada movimiento, y ejecutarlo de forma concienzuda, mientras sus ojos rebosaban un verde estremecedor, misterioso, esotérico. De pronto, todo el espacio en torno pareció ondularse igual que el humo cuando surge del fuego. Las llamas de las velas tremolaron como afectadas por un extraño y quedo soplo.

—Me parece que ha llegado ya —aventuró Ignacio, el que le había llevado hasta allí y que se encontraba sentado a su lado, la mano izquierda entrelazada con la suya derecha.

—¡Silencio! —ordenó, imperiosa, la mujer.

Y toda la concurrencia, como niños que recibieran una reprimenda y estuvieran a punto de ser obsequiados con un cachete, bajó aún más la mirada, hundió la cabeza entre los hombros y procuró abstenerse incluso de respirar, para no hacer ningún ruido. Eran siete en total, contando aquella especie de górgona entunicada y desbordante de abalorios; siete perfectos desconocidos de varias edades y condiciones que, tomados de las manos en derredor de una mesa camilla, «formaban —se dijo Alberto— un grupo curioso, si no ridículo». Y miró de reojo a aquel que se sentaba a su izquierda y cuyo perfil, rasgado por la luz de las velas, se asemejaba mucho al de Alfred Hitchcock.

170

—¡Y lo que le sudan las manos! —volvió a decirse Alberto para sí—; será por los nervios.

Enfrente de él, un ama de casa en torno a los cincuenta años, cuya máxima preocupación al inicio de la sesión había sido dónde dejar el bolso, le mostraba las raíces, recién teñidas, de sus cabellos; seguramente aquella misma mañana había acudido a la peluquería para estar presentable en su cita con el más allá.

—Dinos, ¿quién eres? —preguntó la entunicada, como desde el fondo de una gruta.

Silencio.

De repente, surgida de un incierto lugar de la penumbra, una voz atiplada. Femenil. Inconfundible.

—¡Españññññoles!

—¡¡Coño!! —exclamó Alberto. Y con un movimiento reflejo se desprendió del corro de manos, echó para atrás la silla e hizo que, por efecto del ruido y de la confusión, el gato saltara maullando del mueble al que se había subido.

—¡Caballero! —le reprendió con una seca voz la médium.

Alberto, todavía mirando nervioso hacia todas partes, se apresuró a disculparse, mientras arrimaba de nuevo la silla a la mesa.

—Amigo, si no sabe usted contener sus nervios —le amonestó Alfred Hitchcock—, lo mejor será que abandone la sesión.

—Ustedes perdonen, pero es que esa voz...

—Con lo que cuesta convocar a los espíritus —le reconvino el ama de casa—, y más a un barrio de las afueras... Para que usted los vaya espantando nada más llegar...

—Perdón, perdón, no volverá a ocurrir. Lo prometo —se deshizo Alberto en disculpas—, lo prometo —e inclinó la cabeza hacia todos los reunidos alrededor de la mesa, mientras recomponía el círculo de manos.

—Hale, otra vez a empezar —refunfuñó la médium; y luego, con cierta displicencia—: Venga, tómense las manos, respiren hondo, dejen la mente en blanco...

—Pero... —protestó un tipo de tez amarillenta y aspecto demacrado, vestido, sin embargo, con mucho postín: traje príncipe de Gales, alfiler de corbata, gemelos de oro, en el bolsillo superior un pañuelo del que asomaban las puntas, nudo Wilson, gomina...

—¡Basta ya de hablar he dicho! ...Relajen sus músculos, sientan la energía en su interior, piensen en el símbolo de Tau...

Y después de un largo rato en que, otra vez, los reunidos amalgamaron sus almas, trascendieron la instancia terrenal, se fundieron con el cosmos y demás cosas que sería largo describir, volvió finalmente el espacio a ondularse, las luces de las velas a temblar, la penumbra a tornarse más espesa...

—Espíritu —dijo la médium acomodándose, con gesto rotundo, los abalorios en la muñeca, el pelo más desgreñado si cabía—, espíritu, si estás ahí —enronqueció la voz—, manifiéstate...

De nuevo el silencio y la expectación. Durante varios segundos. Y de nuevo, de pronto:

—¡¡La bolsa o la vida!!

—¡Hostias! —y esa vez la silla sí se venció hacia atrás y Alberto retrocedió trastabillando y el gato se asustó y practicó un gran salto, acompañado de un chillido casi humano, y en su parábola empujó un jarrón y éste cayó al suelo y quedó hecho añicos.

Maldiciones, blasfemias y doble ración de reprimendas para Alberto, con amenaza firme de expulsión de la sala. Al final, sólo la intercesión de Ignacio consiguió que su amigo —al que, sin embargo, dirigía unas miradas oblicuas— pudiera permanecer en la sesión para una nueva convocatoria espiritual. No obstante, sugirió Ignacio, en vista de la impresionabilidad de su compañero y de lo poco, todo había que reconocerlo, prudente y sigiloso de los espectros, quizás fuera mejor que la próxima vez, en lugar de manifestarse a voces y sorpresivamente, lo hicieran por escrito y más sosegados.

—Pero eso no puede ser... —volvió a protestar el hombre del traje, el alfiler de corbata, el pañuelo que le asomaba, en dos picos, del bolsillo superior...

Nadie, sin embargo, le prestó atención al elegante, porque, habiendo aceptado los reunidos la sugerencia de Ignacio, con tal de que, después de todo, pudieran establecer contacto con el más allá, volvieron a acomodarse en sus asientos.

De una pequeña alacena donde, entre otras cosas, también guardaba barajas de cartas, fichas de dominó y un parchís que, por detrás, era un juego de la oca, sacó la médium un tablero de la ouija y, después de despejar la mesa de velas y sahumerios, lo colocó sobre ella. Tomando a continuación un pequeño vaso, lo puso boca abajo en el centro del tablero, con mucha pulcritud. Pidió entonces a los asistentes a la sesión que posaran las yemas de sus dedos índice sobre el cristal y que —Alberto ya iba conociendo el protocolo— respirasen hondo, dejasen la mente en blanco, se relajaran...

—Insisto en que... —el hombre del nudo Wilson quiso intervenir, pero una feroz mirada de todos los presentes le hizo agachar la cabeza y sumarse a la especie de respiración acompasada, murmullo sordo que iba inundando la estancia.

Alberto intentó mentalizarse para, aquella vez sí, aguantar hierático la voz o el ruido que fueran a surgir de inesperada parte. «Tranquilo —se decía—, tranquilo». Pero «ay, madre», se corregía al poco, cuando el silencio se prolongaba varios segundos. En aquel estado de tensión, sucedió de pronto que el vaso, en el centro del tablero, comenzó a moverse de manera torpe, intermitente al principio, más decidida después. Todo de manera silenciosa y suave. Alberto respiró con gran alivio: en aquella ocasión no habría sobresaltos. Una vez así calmado, se decidió a relajarse y disfrutar de la función: estiró las piernas por debajo de la mesa y, con la mano que no tenía posada en el vaso, se rascó subrepticiamente la nariz, que le picaba desde que comenzó la invocación.

A la luz rojiza de una vela, y en respuesta a la médium que le había conminado a identificarse, el vaso iba pasando, cada vez con mayor soltura, de una letra a otra del tablero...

V-I-V-A (aquí el vaso se detuvo un momento en el centro de la ouija, con lo que seguramente quería significar que allí había que intercalar un espacio, más o menos como en un mensaje telegráfico) V-I-V-A (iba diciendo el espíritu) L-A-S (espacio) V-E-G...

Aquí el vaso, en apariencia titubeante, vaciló de una letra a otra durante unos segundos. Alberto, que seguía las evoluciones del vidrio con creciente expectación, cada

174

vez más intrigado por completar el mensaje, no pudo contenerse y exclamó:

—Venga, sigue, que vas muy bien...

El vaso entonces, súbitamente, salió despedido, y sin orden, concierto, ni sentido ortográfico acabó por girar en un ángulo del tablero, volcarse y caer.

—Pero bueno —se levantó de su asiento, indignado, Alfred Hitchcock, señalando a Alberto con el dedo—, ¿es usted tonto o qué? ¡Ya le ha desconcentrado!

* * *

El tipo de semblante hético pero porte aristocrático se abrigaba nada menos que con una capa de terciopelo negro que le llegaba hasta los tobillos, y con vuelta en rojo, como la del conde Drácula. Se la estaba echando sobre los hombros con mucho aparato a la salida de la sesión, mientras aquella médium de la túnica blanca y el cabello alborotado le daba la mano en señal de despedida. Alberto, que en aquel momento entraba en el recibidor, acertó a captar cómo, con cuidado de no ser oída por el resto, la mujer le citaba para una próxima sesión «sin aficionados ni entrometidos». Susurrado esto, se volvió con fría educación y una mirada de acero hacia los dos «intrusos» en cuestión. De manera expeditiva, con apenas un «buenas tardes», se despidió de ellos y los puso de bruces, más que de patas, en el rellano de la escalera.

Se encontraron allí con el de la capa, entretenido en abrochársela por el cuello con una esclavina de oro.

—Bueno, hasta otra —Ignacio le tendió la mano con cierto tono atribulado.

—¿Han visto ustedes? No puede ser.

175

—Ya —Ignacio hundió la mirada en el suelo—. Le repito que lo sentimos mucho...

—No, no —le interrumpió el galán, mientras se calzaba los guantes—, no lo digo por ustedes. Peores cosas, y gente más asustadiza, he visto en este tipo de sesiones. Lo digo porque... ¿ustedes saben lo que es la cuarta dimensión?

—Algo hemos oído, sí —Alberto participaba de la contrición de su amigo—. Pero de pasada.

Juntos emprendieron la bajada hacia la calle. Los botines del figurín retumbaban, con mucho boato, en el terrazo de los escalones.

—Sabrán ustedes, pues, que el tiempo, que a nosotros, seres materiales y limitados, nos parece lineal e inexorable, en realidad no es más que una dimensión. Como tal, tiene sus proporciones, sus magnitudes y sus tamaños. Nosotros, anclados en un determinado pulso de la existencia, no alcanzamos a comprender que, fuera de ese latir, el tiempo puede encogerse, expandirse, acelerarse, frenarse... e incluso retroceder. Que el pasado y el futuro no son hitos fatales, sino que bien pudiera ser, por ejemplo, que el futuro ya hubiera sucedido o el pasado estuviera aún por ocurrir. De parecido modo a cuando vemos un cuadrado sobre un plano, en dos dimensiones, no podemos determinar su grosor ni su espesor (cuando ambos, en una dimensión superior, pueden alcanzar grados infinitos), así, cuando contemplamos el tiempo desde este nuestro mundo limitado a tres dimensiones, no podemos concebir que haya también, en lo temporáneo, una perspectiva inabarcable. Es la famosa teoría de los mundos paralelos, del dinosaurio que, en este mismo momento, puede estar pastando en este mismo lugar, sólo que en un plano temporal distinto. No sé si me explico.

176

—Perfectamente —concedió Ignacio. Andaban ya por el rellano del primero.

—Pues bien —el de la capa y todos los demás ornamentos se detuvo con brusquedad—; yo estoy seguro de que cuando morimos no hacemos otra cosa sino cruzar esa barrera espaciotemporal e ingresar en una dimensión distinta. En la cuarta dimensión, donde (o quizás fuera mejor decir «cuando»), a la manera de un espejo confrontado frente a otro, nuestra existencia se expande hacia el infinito, en apariencia igual, pero en esencia distinta. Somos uno y, a la vez, somos todos los que hemos tenido existencia. De ahí que muchas veces, se habrán dado ustedes cuenta, cuando se invoca a un espíritu para que, por ejemplo, consuele a un familiar o resuelva un enigma, éste suele tirar por el barbecho, contestar con vaguedades, declarar incoherencias. Esto sucede, estoy convencido, por la sencilla razón de que el espíritu ha ido a aparecer en un plano temporal de cuyas circunstancias, al ser los planos infinitos, o cuasi infinitos, ya no se acuerda, y si responde algo es por mera educación y para no quedar mal. Establecido esto, que para mí es inobjetable, hemos de tener especial cuidado con el modo en que invocamos a la gente. No podemos reclamarlos del más allá así como así, a gusto de los médiums; antes bien han de seguirse unas ciertas normas para que esto no se convierta en un desbarajuste. Y dentro de dichas normas, pienso que la principal es conjurarlos de uno en uno y traerlos del plano en que se les pueda localizar, y devolverlos a él, con la menor contaminación posible de nuestro tiempo. Ser lo más asépticos posible, lavarnos bien las manos antes de tocar un órgano, como hacen los cirujanos. Y hoy aquí, justo en el extremo opuesto, se

177

ha practicado la peor y más descuidada cirugía que cabe imaginar, la necromancia más infecciosa que existe, como es invocar a un espíritu sin asegurarnos de que el anterior se ha disuelto. Todavía peor: se ha invocado a rachas, de manera intermitente, no en una sola y continua sesión, sino, realmente, en tres sesiones, cada una bruscamente interrumpida. Con ello hemos accedido a tres planos temporales distintos y hemos podido dar lugar no sólo a que tres ánimas se entremezclen entre sí, sino también a que tres tiempos se barajen y entremetan y de todo resulte un verdadero caos.

—Bueno, hombre, no será para tanto —Ignacio puso la mano en el hombro del dandy, a quien se le advertía preocupado.

—¿Que no será para tanto? ¡Quién sabe lo que, a causa de la dichosa sesión, habrá podido resultar en otros tiempos, e incluso en éste! ¡Quién sabe!

Habían alcanzado ya la calle. A Alberto le extrañó no encontrarse, como cuando habían llegado, con un panorama frío y neblinoso, sino con una tarde de grata temperatura y cielo diáfano. El sol brillaba con una luz extraña, como eléctrica, como irreal...

* * *

Curro Jiménez:[9] famoso bandolero y estadista andaluz, nacido en Cantillana. Por un pleito con la justicia tuvo que abandonar su oficio de barquero e ingresar en una banda de salteadores que rondaba la Sierra Morena.

---

[9] Tomado de la *Enciclopedia Universal Larousse*.

Debido a su baja estatura, que le hacía idóneo para la emboscada, pronto ascendió entre los maleantes y, con apenas treinta y tres años, se convirtió en uno de los más jóvenes jefes de partida de toda Europa. Convertido en cabecilla supremo del bandolerismo —El Cabecillísimo, se hacía denominar—, aprovechó la confusión de la época para lanzar a sus secuaces contra las autoridades locales y, tras tres años de contienda, consiguió hacerse con el poder absoluto en la comarca. Ejerció un mando despótico sobre los habitantes de ésta, a quienes impuso —sólo porque a él le parecían mejores, y no cabía rechistar— costumbres tales como no depilarse nunca las cejas, eructar de continuo o comerse la corteza del queso. Todo ello, y el que les empleara forzadamente en la construcción reiterada de abrevaderos, hizo que sus gobernados le contemplasen con animadversión; no obstante, fuera por falta de medios, de consenso o de oportunidad, nunca llegó a planteársele una oposición seria. «Sólo la Historia puede juzgarme», acostumbraba a decir al final de sus días; «bueno —solía apostillar después—, la Historia y el juzgado de primera instancia». Murió de un corte de digestión.

* * *

Elvis Presley: célebre cantante estadounidense, nacido en Tulpelo (Mississippi), aunque muy pronto su familia se trasladó a Memphis. Desde niño mostró afición por la música, en especial por el *country,* el estilo rural de Estados Unidos, y con apenas dieciocho años montó una banda con El Algarrobo, El Estudiante y El Gitano, con la que empezó una gira por el Medio Oeste. Las propuestas rompedoras de estos jóvenes, que salían a actuar con una manta al hombro, un pañuelo atado a la cabeza y un trabuco a la espalda, y por supuesto sin afeitar, marcaron toda una época; asimismo, los jipíos, los ayes y los arsas con que se acompañaban en canciones como *«Give you cherries to the turkey»* («Échale guindas al pavo») revolucionaron el sonido Motown. Por desgracia, un incidente con la justicia, en concreto un atraco a un furgón blindado, al que esperaron apostados en la espesura de un bosque, acabó con la carrera de esta joven y prometedora banda. Sólo su cantante, Elvis Presley, logró cierta notoriedad tras la salida de la cárcel, al emplearse en la televisión estadounidense como comentarista taurino. Pero fue una reaparición fugaz. Poco tiempo después, fallecería en un turbio y confuso episodio en los montes Apalaches con los agentes de la ley.

* * *

Francisco Franco: militar y showman español. Alumno de la Academia General Militar de Zaragoza, destacó muy pronto entre sus compañeros por el grácil y cimbreante modo que tenía de desfilar y que le valió el apelativo de Franco la Pelvis. Este hecho hizo que un productor musical se fijara en él y le consiguiera un contrato con una compañía discográfica, con la que grabó su primer single: *«Love me tender»*, que constituyó todo un éxito, gracias, sobre todo, a su voz grave y cautivadora. En los años siguientes se sucedieron los éxitos: *«Are you lonesome tonight?»*, *«In the ghetto»* o la electrizante *«Suspicious mind»*, que Franco bailaba a ritmo frenético, se fueron turnando en el número uno de las ventas. Por aquel

180

entonces, su imagen de joven rebelde, su breve bigotillo y su característico y kilométrico tupé se habían convertido ya en todo un icono, como quedó demostrado en la película *King Creole,* que constituyó todo un acontecimiento y dio origen al fenómeno de los fans. Empedernido mujeriego, quedó impactado por la noticia de que su instructor de kárate se había fugado con su esposa, Priscilla, señora de Meirás, y de resultas de ello cayó en una grave depresión. Empezó a abusar de las drogas y del alcohol y a frecuentar las orgías; como consecuencia, sufrió un espectacular aumento de peso. El declive se abatió sobre él de forma rápida. Sus últimas actuaciones, vestido con trajes de lentejuelas y notoriamente afectado por el consumo de psicotrópicos, dieron la vuelta al mundo como ejemplo de decadencia. Poco después, se anunció su muerte, aunque muchos piensan que la estrella no murió en realidad, sino que todo fue una estratagema para escapar de la vida pública. Comoquiera que sea, todavía hoy miles de personas acuden a visitar su ciudad natal, El Ferrol, que en homenaje a él fue rebautizada como El Ferrol del Rey del Rock.

La medida de todas las cosas

Las primeras quejas surgieron de los colonos de Júpiter, en los tiempos en que el ser humano comenzó su expansión por la galaxia. Asentados en las bases de Atlántida y Avalón, pronto advirtieron que los ciclos temporales terrestres, por los que se estaban rigiendo, tenían escasa validez para la vida jupiterina. Calcular, como en la Tierra, el tiempo por giros del planeta sobre su eje o por las traslaciones del satélite, es decir, los días, los meses y los años clásicos, carecía de sentido allá arriba, en Júpiter.

Mientras el hombre sólo había conquistado Marte, donde la duración del día, muy cercana a la de la Tierra, es de 24 horas, el ajuste de los horarios no había supuesto mayor problema que, cada dos meses, hacer que los colonos de Marte ajustasen sus relojes para volver a sincronizar claridades y nocturnidades al compás de la metrópoli. Con el establecimiento del año marciano tampoco hubo especiales dificultades. Al ser su duración de 686 días terrestres, la solución fue tan fácil como:

$686 : 2 = 343$

y, por otra parte:

$365 - 343 = 22$

Es decir, dividir el año marciano en dos y regalar 22 días de un mes a elegir —los colonos, llamados a las urnas, optaron por octubre—. Así pues, en el Planeta Rojo, después del 30 de septiembre se saltaba directamente al 23 de octubre, en lo que se conoció como «la excepción marciana», un lapso de tiempo al que se remitían los hechos improbables, como a las calendas graecas o a la pelambrera de las ranas. «Te pagaré en octubre en Marte», por ejemplo, se solía decir; o «esto lo verán tus ojos ya sabes cuándo y dónde». De este modo se apañaron calendarios y relojes, sin mayor problema, durante varios decenios.

Desde un punto de vista más prosaico, la supresión de aquellos 22 días significó para los colonos un importante desahogo económico. La mayoría, por aquel entonces, eran todavía asalariados de Naciones Unidas y personal funcionario, que se encontraban con que los octubres, a veces habiendo trabajado sólo cinco días, ingresaban una nómina completa. Para aquellos que habían marchado al espacio en busca de estabilidad laboral, esta ventaja no era desdeñable. Sería más tarde, al desembarcar los aventureros y, al hilo de ellos, las grandes empresas privadas, cuando esta anomalía en los pagos se puso en cuestión. Resurgió entonces la figura del jornal, el pago diario, auspiciado por las grandes compañías; debido a esto, Marte se convirtió, y aún hoy lo es, en uno de los planetas con mayor índice de precariedad laboral.

El problema de las horas se agravó cuando, tiempo después, el hombre llegó a Júpiter y, poco más tarde, a Saturno. En ambos planetas, la rotación, es decir, la duración del día anda en torno a las 10 horas, mientras que la traslación —duración del año— es en Júpiter de 12 años terrestres, aproximadamente, y de 30 en Saturno. Ante esto no cabía una solución de circunstancias como en el caso de Marte. La solución básica que se ensayó al principio, con la llegada de los funcionarios, pronto se mostró inútil. Consistía esta solución simple en ajustar «a cajón» los días jupiterinos y saturninos con los terrestres; hacer de cada dos días de aquellas esferas uno, e ir sumando el remanente.

10 + 10 + 4 que me llevo.

Pronto se advirtió que había un problema: con la rémora de esas cuatro horas, se descabalaban los amaneceres y los anocheceres, y así tan pronto a las 10:00 horas de Houston estaba surgiendo el sol en Saturno como era noche cerrada, y a las 05:00, por ejemplo, un día cegaba la claridad y al siguiente brillaban en el cielo las lunas.

A todo ello no había biorritmo humano que se acostumbrara y hubo de buscarse una solución. Esta solución pasaba por adoptar, muy reformado, el horario terrestre. Así, aprovechando que las horas en ambos planetas andaban alrededor de las diez, se adoptó el sistema decimal, o quizás sería más propio decir el vigesimal. Cada 20 horas se consideraba una jornada, o, lo que es lo mismo, 2 días jupiterinos y saturninos se agrupaban en uno, con la curiosidad de que, avanzada la mañana, comenzaba a anochecer, a mediodía era de noche, y a eso de las dos volvía a surgir el sol. «Magnífico», era la opinión compartida por los funcionarios pioneros, a quienes este compás de las horas permitía desayunar dos veces y echar una larga y completa cabezadita a media jornada.

Junto con esta medida, tanto en Júpiter como en Saturno se decidió prolongar la semana de siete a diez días. Así, a los viejos lunes (día de la Luna), martes (día de Marte), miércoles (día de Mercurio), jueves (día de Jove, es decir, Júpiter), viernes (día de Venus), sábado *(sabbat,* día de

Saturno) y domingo (de *Dominicus,* día del Señor), unieron jupiterinos y saturninos el *vulcres* (día de Vulcano, jornada que los colonos aprovechaban para llevar las máquinas al taller y otros pequeños arreglos domésticos para los que nunca se encontraba espacio entre semana), el *pulcres* (de *pulchro,* limpio, día dedicado a la higiene personal, que en la semana clásica, por las apreturas de tiempo, algunas o muchas veces se excusaba) y el *murcies* (día de Murcia, llamado así porque uno de los colonos era de esta pequeña ciudad española y se empeñó en que se pusiera su nombre a un día).

Como era costumbre, después de los funcionarios llegaron los aventureros, atraídos en este caso por las ganancias pingües que, según la norma instaurada en Marte, les produciría trabajar a jornal en unos planetas de 10 días a la semana y 20 horas sólo cada día. «Se ha hecho justicia interplanetaria —se felicitaban en el viaje de ida—; los poderosos han caído en la trampa de su avaricia». Ocurrió, sin embargo, que a su llegada a Júpiter y Saturno las grandes compañías habían ya resucitado la vieja figura de la semanada, es decir, el pago por semanas, que no por días.

—Ya nos han vuelto a engañar —fue la opinión unánime de los aventureros.

Los calendarios jupiterino y saturnino fueron, definitivamente, compuestos así: 4 semanas de 200 horas cada una = 800 horas, que componían un mes. Multiplicado por 11 meses (se abolía definitiva y completamente octubre) = 8.800 horas, cifra muy aproximada a las 8.740 del año terrestre y que sólo hacía necesario un mínimo ajuste: finalización de todos los meses en el día 30.

En todo caso, la composición de los calendarios jupiterino y saturnino supuso un hito importante en el cómputo del tiempo en la medida en que, por primera vez, con la adición de días (mucho más allá de la simple supresión de octubre) se modificaba esencialmente el secular calendario de la Tierra. ¿Qué decir de cuando el hombre, al fin, consiguió conquistar Mercurio, con sus jornadas de 176 días; Urano, con sus noches que llegan a durar 21 años; o Neptuno, donde un año equivale a 248 terrestres?

Hubo un tiempo en que se intentó crear un calendario, nunca mejor dicho, universal. Encima de mi mesa tengo un borrador de casi quinientas páginas en el que varios investigadores, matemáticos, astrólogos e incluso geólogos de primer nivel proponen una manera de medir el tiempo adaptable a todos los planetas. Sin embargo, para efectuar el cálculo era preciso tener en cuenta elementos tales como —cito textualmente—: «la longitud heliocéntrica», «la longitud planetocéntrica», «el avance del perihelio», «la retrogradación del punto vernal» o «la precesión de los equinoccios», por no hablar del «año anomalístico» y las «áreas de Kepler». La concurrencia de todos estos factores hizo que finalmente se abandonara el proyecto, después de que varios, como se les llamaba entonces, «ingenieros temporales» tuvieran que ser ingresados víctimas de fiebre cerebral.

Finalmente, se decidió que cada esfera ajustase sus horarios y calendarios como mejor le cuadrase, aunque en la práctica fueron las grandes compañías privadas quienes determinaron estas particularidades a su conveniencia. El resultado, como cabía esperar, fue, y sigue siendo, el desbarajuste universal en cuanto a fechas y horas. Algo que,

186

a la postre, ha acabado repercutiendo sobre la naturaleza humana. Como bien señalaba en un reciente artículo el famoso doctor S. W. Copeland, médico nutricionista: «Así no hay forma de hacer las cinco comidas de rigor: desayuno, almuerzo, comida, merienda y cena; todo el mundo pica entre horas y por esto hay últimamente tantos gordos en las galaxias».

Además de ello, este estado de «autonomía de fechas» ha causado un evidente perjuicio para las comunicaciones y el comercio interplanetarios, derivado de la imposibilidad de ajustar las citas, plazos o vencimientos, establecer el momento exacto en que se produce una transacción, entra en vigor una ley o queda derogado un reglamento. Por fortuna, hace hoy... no sabría decir cuánto tiempo, al colonizar Deméter, en el sistema de Andrómeda, se descubrió que este planeta efectuaba una rotación perfectamente regular, o casi, con una variación diezmillonésima por cada cien giros sobre su propio eje. Asimismo se advirtió que trazaba una órbita de duración constante alrededor de su sol (de nuevo, sólo un porcentaje ínfimo en varias traslaciones). Fue como descubrir un cronómetro, de pronto, en medio de las galaxias, como hallar un lingote de oro en medio del intercambio de papel moneda, cuando ya toda la expectativa de una datación universal, e incluso coherente, se había perdido y en los confines coloniales la Humanidad se regía por el rato, el rato largo, el rato corto y el momentín.

* * *

La regularidad de Deméter ha permitido recuperar el viejo sueño humano de un reloj y un calendario comunes, siquiera para las telecomunicaciones y los negocios. No sabemos en qué resultará al fin este proyecto. Lo que sí sabemos, y lo que nos importa, son las consecuencias que tuvo la abolición de las reglas terrestres en lo relativo al cómputo temporal. Permitir que cada planeta determinara por sí mismo sus propias pautas en lo referente al tiempo fue una especie de cuña que, clavada en la madera, acabó por rajar y resquebrajar todas las estructuras de medición.

Porque, efectivamente, tras el tiempo, tras los días y los años, vino el espacio. Los colonos, pero, sobre todo, las grandes compañías privadas que fomentaban el asentamiento de los humanos, pronto empezaron a protestar porque el metro —que, como todo el mundo sabe, o sabía, es la diezmillonésima parte del cuadrante del meridiano terrestre que pasa por París— siguiese regulando las distancias en el espacio. Aquello era de un imperialismo insultante, de una arrogancia atroz. ¿Por qué un segmento del meridiano terrestre y no, por ejemplo, del meridiano de Venus o de Plutón? En los periódicos hubo una campaña muy dura, y cientos, miles de expertos sostuvieron la opinión de que el planeta que mejor se avenía para «diezmillonesimar» y extraer de él el metro era Venus. Se recogieron innumerables firmas bajo el lema «El metro para Venus». Aducían los expertos que de este modo, al dividir la unidad en centímetros, milímetros y micras, se obtenían unos segmentos más pequeños y unas fracciones concretísimas y exactísimas que favorecían el trabajo científico.

Años, siglos o meses después de que, finalmente, el metro le fuera concedido a Venus, *El Heraldo de Júpiter* desveló que toda aquella campaña provenusiana había obedecido, en realidad, a los intereses crematísticos de las grandes compañías, que no habían dudado en comprar las opiniones de los expertos (y presentaban pruebas) con tal de obtener su objetivo: el metro venusiano o, lo que es lo mismo, el metro reducido. ¿Y por qué las grandes compañías privadas iban a querer, se preguntaba el inocente lector, este achicamiento de las medidas? La respuesta era clara: al achicar la medida, se agrandaba la superficie. A los dueños de las grandes compañías, muchos de ellos, si no todos, especuladores inmobiliarios, les interesaba que sus pisos pasaran de pronto de tener 90 metros cuadrados a 150; o que las hectáreas de sus fincas se cuadruplicaran de un día para otro. No podemos cambiar la propiedad, pensaron, pero podemos cambiar el modo en que se mide. Y dicho y hecho.

El resultado: un encarecimiento de los pisos, de las hipotecas y hasta de las piezas de tela, los tramos de peaje y los recorridos en tren.

No habían contado los especuladores, sin embargo, con las consecuencias negativas de su medida (pocas veces mejor dicho): la principal, el descabalamiento de las medidas de las sábanas; la secundaria, la reacción un tanto furibunda de los afectados, el grueso de la Humanidad. Salvo algunos con complejo de bajitos que vieron cómo, de pronto, sobrepasaban los dos metros, y otros con no diré qué trauma que, de repente, se vieron rebasando la mítica barrera de los 20 centímetros, salvo éstos, como digo, la mayoría se lanzó a las calles súbitamente anchas y a las larguísimas avenidas a protestar. Los manifestantes arrojaban objetos sorprendentemente lejos, pero la policía, detrás de ellos, les recortaba distancia de manera asombrosa.

Al final, se decidió que cada planeta extrajese su unidad de medida del meridiano que le viniese en gana, fuera el suyo o el del vecino, y asimismo se convino que cada cual, en su globo, fraccionara esa unidad del modo que le resultara más cómodo, no necesariamente de acuerdo al modelo decimal. Así ha ocurrido recientemente en la colonización de Esculapio, donde los pioneros han decidido emplear la base 276. A su unidad de medida, resultado de dividir 276 veces entre 276 el diámetro del planeta, le han llamado «peyote» (sustancia medicinal bajo cuyo efecto se hallaban los colonizadores en el momento de tomar esta decisión), y a las unidades superiores las llaman «peyotón» (276 veces el peyote) y «peyotazo» (276 veces el peyotón), y a las inferiores «peyotín» y «peyotillo».

En Perséfone, otra esfera recientemente colonizada, se emplea como unidad de medida el tamaño del fémur de la primera persona que pisó aquel planeta; y en un lugar como Astarté las longitudes son distintas en función de la hora del día, y asimismo cambian dependiendo de si se encuentra uno sobre una altura o a nivel del mar.

—El universo —dicen los astartianos— no imagina la cantidad de ventajas inherentes a este sistema de medición.

En todo caso, rotos los métodos tradicionales de delimitar el tiempo y el espacio, los distintos patrones importados de la Tierra fueron quebrándose por añadidura. Así el peso: gravedades al margen, el kilo no es igual ni mucho menos en Neptuno que en la lejana Rea, y en planetas como Hécuba cada material tiene su correspondiente escala, con lo que, ahora sí, deja de ser una trampa para alumnos incautos aquella vieja pregunta de si pesa más un kilo de hierro que un kilo de paja. En lo relativo a las capacidades, no es igual una arroba de Ganímedes que un celemín de Alfa Centauro o una fanega de las Pléyades, y la pinta de cerveza con que en Cástor se emborrachan tres personas, en Pólux apenas sirve para llenar un dedal.

¿Y qué decir, a propósito del dedal, de las tallas de ropa y de calzado? Si ya en la Tierra eran, a veces, abstrusas y dependían del fabricante, y existía el tallaje europeo, el americano, el británico y otros, en la actualidad hay 11.320 especificidades, en función de cada planeta. Debido a ello, no bastan ya las tablas de conversión y hoy en día, para ser empleado de una boutique intergaláctica e incluso de una simple tienda de ropa, hay que haber cursado estudios superiores, tener un máster en matemática cuántica, y tampoco vienen mal para el currículum unas nociones de física molecular.

* * *

Pero todo esto era previsible y, en último caso, no deja de ser materia superflua. Lo más interesante, a un lado pesos, medidas, tallas y divisas, es constatar cómo, a raíz de la ruptura de los moldes terrestres y la «manga ancha» dada a la regulación particular, en cada planeta se han ido imponiendo unas formas propias de definir lo correcto y lo incorrecto, lo educado y lo grosero, lo hermoso y, en el extremo contrario, lo repulsivo, con toda la gradación entre medias. En cada esfera se concibe de modo distinto lo artístico y lo pedestre, lo honesto y lo deshonesto y, a un nivel máximo, lo justo y lo injusto, lo bueno y lo malo.

Como dijo Parveloo Jones, famoso filósofo: «Las modalidades de conducta y las reglas humanas pueden ser tan infinitas como el universo». A lo que le replicó, en varios libros, Pfyfe Snell: «No, señor; es el universo lo que puede ser tan infinito como las modalidades de conducta y las reglas humanas».

No es momento éste de enredarse en lucubraciones filosóficas, por más que hayan suscitado, como el debate Jones-Snell, el interés de los filósofos durante... mucho tiempo. Mejor será mostrar varios ejemplos:

En Latona, si uno lanza una moneda al aire, elige cara o cruz y acierta, pierde; asimismo, si en el casino un latonita apuesta toda su fortuna al 15, o al 23, o al 8, al número que sea, y la bola se posa sobre dicho número, se queda sin fortuna. En las elecciones a cargos públicos (forma sofisticada del azar, pero azar a la postre), se vota en sentido negativo y resulta electo el que menor número de votos haya obtenido. «No vote usted a X»; «olvídese de Y», «¿para qué Z?», son los lemas con los que empapelan los latonitas sus ciudades en las campañas electorales.

Encontrará el lector, a lo largo, ancho y hondo del universo, unos pocos planetas que se rigen por monarquías autoritarias; otros, pocos también, por monarquías parlamentarias; bastantes por democracias; muchos por plutocracias, y algunos por sorteo. El caso más llamativo pudiera ser el de Hefesto, en Alfa Centauro, donde la corruptocracia, es decir, el sistema, perfectamente legalizado, en el que yo te engaño a ti, tú engañas a éste, éste al otro, el otro a mí, y todos nos pisoteamos por ver quién medra más, se ha impuesto con unos resultados excelentes. Después de la gresca y batahola inicial, y visto que a listos y pillos es difícil ganarse cuando hay campo libre, todos los hefestitas han quedado quietos en sus respectivas posiciones, mirándose con la mayor desconfianza. Es gracias a esto por lo que se realiza la obra pública a un precio comedido (ejecutores, proveedores e intermediarios se vigilan mutuamente para que nadie trinque más que el otro); por lo que acude todo el mundo juntos de la mano a declarar a Hacienda, mirando cada cual de reojo a lo que desgrava el vecino; y por lo que no se plantean problemas ante la Justicia, ya que ningún hefestita sabe de cierto por quién puede estar comprado el juez, o si, comprado por él, puede el contrario pujar más. Así que mejor todos quietos, obedientes y cumplidores.

Hefesto se desliza por su órbita apenas perceptible por un susurro.

En Prometeo está penada la inteligencia, en el sentido de que puede constituir un factor excluyente a la hora de conseguir trabajo. En otros planetas, como Vesta, la memoria (la buena memoria, entiéndase: la retentiva) se considera síntoma de bajo nivel intelectual, anquilosamiento en esquemas pasados, falta de receptividad a las nuevas propuestas, retardo en la adaptación a las circunstancias cambiantes. Memorizar es muestra de un carácter retrógrado. «La amnesia es nuestra mejor aliada», declaró hace poco uno de los gobernantes vestalitas. «¿Para qué?», le preguntó un periodista. «¿Para qué qué?» «La amnesia». «¿Qué amnesia?» «Nada».

Son muchos los planetas en los que ejercitan a los jóvenes en la mentira, algo totalmente lícito desde el punto de vista moral (y en algunos casos incluso jurídico) si no te descubren. En Némene, el incesto no sólo esta despenalizado socialmente, como en otros muchos planetas, sino que, en aras de una mayor cohesión de las familias y ahorro en pensiones, está fomentado por los gobernantes. Si acaso algún nemenino, ya sea porque

193

está harto de acostarse con su madre, ya sea porque no encuentra atractivas a sus hermanas, ya sea porque le da como cosa intimar con su abuela, decide mantener relaciones con alguien ajeno a su apellido, incurrirá, si le pillan, en el desprestigio social y quizás, incluso, en una sanción legal.

En algunos planetas el robo está permitido, siempre que el ladrón no haya empleado la violencia y resulte simpático al tribunal, para lo cual está permitido contar chistes en el juicio, hacer cabriolas, malabares o incluso practicar el *streap-tease* delante de los miembros del jurado. Y si el inculpado o la inculpada estuvieran imposibilitados, en su lugar puede hacerlo el abogado defensor.

Los jueces de Cupido no dan a la vida humana la más alta garantía dentro de su sistema jurídico; reservan esta preponderancia para el beneficio, la propiedad privada y la comodidad, por este orden, y para algunos otros conceptos antes de llegar a la prohibición de matar a un semejante. De este modo, cualquier cupidiano puede verse exonerado de la acusación de asesinato si demuestra que, con el crimen, ha obtenido un lucro suficiente, ha conquistado una posesión o, simplemente, si no menos de tres testigos declaran que el occiso estaba molestando.

Pasando al tema de la estética, y lo que sigue es sólo una muestra de la variedad infinita a este respecto, en Eco el músculo, las nalgas prietas, la tableta de chocolate y las formas suavemente redondeadas han sido suplidos como motivo de deseo por la obesidad mórbida, la carne fofa y el contorno rebosante. Un ecota es tanto más bello cuantos más pliegues suma en la zona del estómago y los muslos. De parecida forma, la juventud en Odín es tenida en poca estima, todo lo más como una época de estudio, conformismo y preocupaciones laborales; es entre los 50 y los 70 años cuando los odinitas discurren por lo mejor de la vida, cuando sus cuerpos son más hermosos, sus mentes más frescas, cuando viven esos amores pasionales e inolvidables y cuando, en fin, despierta en ellos esa punta de rebeldía imprescindible para el rock&roll.

Las canciones de Belerofonte, al contrario que las del resto de los planetas y galaxias, no tratan sobre el amor y el desamor. No se encontrará ningún tema sobre este particular. Lejos de ello, los éxitos belerofontinos tienen títulos como: «Se agotó el periódico», «Me fracturé una pierna» o «Te estoy perdiendo porque no hay cobertura». La última ópera producida en Belerofonte lleva por nombre «Mascarpone» y trata sobre las vicisitudes líricas de un cocinero a quien le quedan muy ricos los macarrones y un malvado quiere robarle la receta.

Aquí triunfa lo bajito, allá lo torcido. En Moloch, en los confines del universo conocido, los eructos y ventosidades, cuanto más sonoros, resultan más excitantes; y en el planeta de al lado, todavía sin nombre, los colonos han decidido que la belleza radica en la pelambre y allá andan: todos hirsutos, sin depilar, incluso se injertan pelos en la espalda.

En Ayo, las novelas y películas es costumbre que acaben con la victoria del malo, es decir, del que arremete, del que se aprovecha de los otros, del que pone en peligro el orden social, entre los aplausos del público y las críticas halagüeñas. Los ayotas abuchean el triunfo del amor, los besos finales, y son capaces de hundir —ya ha sucedido— la platea a zapatazos si los actores, de súbito, se sueltan a cantar y a bailar en señal de alegría, vivacidad y juventud.

«Sangre», «muerte», «asesinatos», ruge el público, y hay que satisfacerle.

En Belenos, de donde yo procedo, las normas artísticas señalan que los cuentos no deben tener un final, siquiera sea sugerido, sino que basta con la simple exposición de acontecimientos. La regla es: planteamiento, nudo, y no existe desenlace. En cualquier momento sobreviene el

FIN

Noja—Casillas, verano de 2007

Para Pilar.
que tiene tres años, casi cuatro.
Ojalá seas persona de buen humor
y sepas poner bien las tildes

ÍNDICE

Si deseas estar informado de nuestras novedades,
suscríbete a nuestra lista de correo
o consulta nuestras redes sociales.
Más información en
www.acvf.es

www.ingramcontent.com/pod-product-compliance
Lightning Source LLC
Chambersburg PA
CBHW020956180626
46814CB00003B/1117